T

LE MAL

ET

LE REMÈDE.

IMPRIMERIE ANTHELME BOUCHER,
Rue des Bons-Enfans, n°. 34.

LE MAL

ET

LE REMÈDE,

Par M. Sarran.

Domine, salvum fac Regem!!!

DEUXIÈME ÉDITION.

PARIS.

DELAFOREST, LIBRAIRE, PLACE DE LA BOURSE,
RUE DES FILLES-SAINT-THOMAS, Nº. 7.

1827.

AVIS PRÉLIMINAIRE

DE LA SECONDE ÉDITION.

Les journaux ont cru pouvoir se dispenser de parler de cet écrit, dont la première édition n'a pas moins été épuisée en quelques jours. Est-ce parce que je n'y aurais pas attaché mon nom, contre mon habitude? et aurait-on refusé à la vérité le bienfait d'une publicité que les journaux seuls peuvent rendre complète, et que les journaux qui font de l'opposition, avaient eu, jusqu'ici, la politesse d'accorder avec plus ou moins de largesse, peut-être à l'individu, à chaque apparition d'un de mes ouvrages? Ou bien, cet écrit, principalement dirigé contre celui qui réellement est le seul auteur de nos maux, aurait-il été d'avance condamné aux ténèbres par les manœuvres influentes d'une opposition factice, habile à détourner les

coups directement portés à M. de Villèle,
et à M. de Villèle seul ? C'est ce que la manière dont cette deuxième édition sera
traitée, va bientôt nous apprendre.

Quoi qu'il en puisse arriver, rien n'é-
branlera la ferme détermination que j'ai
invariablement prise, de publier ce qu'en
ma conscience je crois être la vérité, toutes les fois que sa manifestation me sem-
blera devoir être utile. C'est dans ces sentimens, et mu par ce motif impérieux,
que j'entre en matière sans autre préam-
bule.

« Les ministres, qui trompent beau-
» coup le Roi, et les flatteurs, qui trom-
» pent un peu les ministres, ont beau
» s'écrier, écrire, imprimer que tout va
» bien, l'inexorable vérité, s'élevant au-
» dessus des mensonges dictés à la bassesse
» que l'on paie, ou conseillés par une am-
» bition malavisée, proclame, par la
» puissance des faits, que tout va mal,
» et que la France, avec tous les élémens
» de gloire et de prospérité qui devraient
» naturellement la placer au rang de la

» nation la plus heureuse et la plus res-
» pectée, est tombée, par la faute de ses
» inhabiles conducteurs, dans un état de
» détresse et de désordre tel, qu'une révo-
» lution dans le mouvement des affaires
» publiques, peut seule lui restituer son
» repos, son bonheur et sa dignité.

» Sensible comme Français aux mal-
» heurs de mon pays, observateur im-
» partial des causes politiques qui les ont
» produits, je signalerai d'abord le mal
» qui nous dévore, et qui menace l'exis-
» tence de tout ce qu'il y a de plus sacré
» en France ; et, cette partie de ma tâche
» épuisée, j'aurai soin de l'accomplir tout
» entière en indiquant le remède capable
» d'épargner à la France une violente se-
» cousse, à la royauté légitime sa mort
» politique, si la Providence, qui tient
» dans ses mains les cœurs des rois, per-
» met que l'action royale, dégagée de
» toutes entraves ennemies, administre
» ce remède salutaire, d'où dépendent la
» conservation d'un trône et le salut de
» tout un peuple.

» Je ne saurais me dissimuler tout ce
» qu'une telle investigation, dépouillée de
» tout esprit de coterie, doit soulever
» contre moi d'irritation de la part des
» hommes de coterie. Je respecte trop peu
» dans cet écrit, je l'avoue, les opinions
» resserrées dans le cercle étroit de quel-
» ques misérables intérêts privés, pour ne
» pas être en butte à une foule de petites
» passions d'autant plus irritables qu'elles
» sont plus personnelles. Mais la masse
» de la nation, les hommes de toutes les
» opinions généreuses, applaudiront à mes
» efforts; et si je n'obtiens pas également
» l'entière approbation de tous ces vrais
» Français dans toutes les nuances des
» miennes, du moins suis-je sûr de méri-
» ter leur estime pour la manière franche
» et loyale dont elles sont exprimées, et
» surtout pour le but sacré qu'elles ont
» en vue : le salut de la patrie, le salut
» des institutions nationales, et le salut
» du Roi, d'où tout le reste dépend....
» Domine, salvum fac Regem !!! »

LE MAL

ET

LE REMÈDE.

✻✻✻✻✻✻✻✻✻✻✻✻✻✻✻✻✻✻✻✻✻✻✻✻✻✻✻✻✻✻✻✻✻✻✻✻

LE MAL.

Charles X, à son avènement au trône, a fait cette déclaration solennelle : « Qu'il entendait » continuer le règne de son auguste frère. »

Le Roi-Chevalier avait entendu par-là, et les Français avaient également compris la continuation de ce règne, en ce qu'il offrait d'essentiel et d'utile, les institutions ; et non en ce qu'il présente de futile et de passager, les hommes.

On a continué les hommes ; on a, autant que possible, brisé les institutions : c'est le contraire qu'il eût fallu et qu'il faut aujourd'hui plus que jamais.

La Charte octroyée par le Roi Louis XVIII, en 1814, dans le but national de réunir *les temps anciens et les temps modernes*, et de vivifier sur de nouvelles bases l'antique constitution du royaume; cette Charte, ancre de salut pour la France, après le naufrage ou la dégradation, plus ou moins sensible, des anciens élémens constitutifs, contient des principes qu'il fallait respecter, et indique des conséquences qu'il fallait déduire, afin de consolider, en la complétant, l'œuvre toute française du royal législateur.

Ce serait en vain que l'on essaierait, dans l'intérêt public, un autre système d'organisation politique. Il est sans doute bon de conserver les principes de l'ancienne constitution, purgée des abus qui en gênaient le développement; mais où retrouver les formes de gouvernement qui lui étaient propres? L'ancien régime avec ses parlemens qu'il n'était même plus possible de rappeler avec leur vieille majesté, n'était point la constitution du royaume; il n'en était qu'une image imparfaite. Cette constitution, telle qu'elle s'était fixée à l'extinction du gouvernement féodal, reposait tout entière sur les États-généraux, composés en définitive des trois ordres de l'État.

Mais la révolution ayant nivelé tous les

rangs de la société politique, n'avait laissé ni clergé, ni noblesse, ni par conséquent de tiers-état. Il ne suffit pas de prêtres et de nobles, pour faire un ordre du clergé et un ordre de la noblesse; il faut encore des propriétés et des priviléges nécessaires à l'importance de corps qui s'élèvent au-dessus des autres corps. Or, les propriétés du clergé, et, en partie, les grandes propriétés de la noblesse avaient disparu; et les priviléges, usés par le temps, minés par les mœurs nouvelles, étaient venus se perdre tout-à-fait dans la vaste tempête qui avait englouti tant et de si vieilles choses.

Lorsque la royauté, surnageant enfin au-dessus de cette mer si long-temps orageuse, voulut restaurer l'édifice politique, elle dut s'occuper de remplacer ce qu'il ne lui était plus possible de relever. Les Chambres des pairs et des députés, mises à la place des trois anciens ordres de l'État, ne firent que les rappeler avec d'autres formes, et certainement avec une puissance plus restreinte et mieux définie, dans les fonctions élevées du vote de l'impôt et de la confection des lois. En ce point la forme seule fut changée; le fond resta le même, sauf les améliorations qu'une expérience éprouvée par tant de désastres, avait permis d'introduire dans ces sommités constitutionnelles.

Il n'en fut pas de même dans les parties se-condaires de l'ordre politique.

Les libertés répandues sur toutes les parties du territoire Français avaient été envahies par la révolution au profit du pouvoir central. Les pouvoirs provinciaux ou municipaux et les corporations n'étant plus là pour protéger les individus contre l'arbitraire administratif, il fallut donner à ceux-ci tous les moyens de se protéger eux-mêmes. De là prirent nais-sance dans la pensée du royal législateur, qui s'empressa de les proclamer comme parties essentielles de la constitution du royaume, le droit individuel de pétition aux Chambres, et surtout cette liberté de la presse qui, en l'ab-sence de corps défenseurs naturels de leurs membres, et en présence de chambres sans contrôle et d'un ministère investi des plus vastes pouvoirs, est comme un frein nécessaire, opposé dans l'intérêt du trône, non moins que pour la défense des immunités nationales et des garanties individuelles, aux empiétemens possibles des Chambres et à l'esprit d'envahis-sement et d'oppression du pouvoir ministériel.

Cependant le droit de pétition est devenu en quelque sorte une formalité dérisoire; et la liberté de la presse n'a cessé d'être attaquée avec un acharnement qui n'indique que trop

les desseins perfides de ses adversaires contre
tout ce qu'elle est appelée à défendre.

Le ministérialisme voulant élever sa puissance monstreuse à la place de l'autorité royale
effacée, et sur les débris de tous les droits politiques faits pour assurer la gloire de la nation
et garantir la sûreté des citoyens, est parvenu
jusqu'à un certain point à détruire cette liberté
qui le gênait et à laquelle une loi proposée
pour la présente session va peut-être porter
les derniers coups.

M. de Villèle, au profit de qui se fait le ministérialisme, est nécessairement l'ennemi le plus
implacable de la liberté de la presse; ennemi
d'autant plus dangereux que, dans le conseil
du Roi, en présence des plus augustes personnages, il cache sous une passion affectée
pour cet objet de sa haine ambitieuse, de sour-
des attaques, jusqu'à présent couronnées du
plus déplorable succès.

Restreinte et presque anéantie par la censure
préalable des feuilles publiques, vers la fin du
règne de Louis XVIII, en vertu d'une ordonnance surprise à un Roi mourant, la liberté de
la presse reprit un instant quelque vigueur dans
les premiers jours de Charles X, alors qu'aucun prétexte de laisser subsister la censure
n'existant plus, le ministère se vit contraint

de rapporter cette ordonnance qui avait momentanément apporté des restrictions publiques à la faculté d'écrire.

Mais si les restrictions publiques et légales cessèrent, il n'en fut pas de même des restrictions secrètes et illégales.

Depuis long-temps, et dès l'avènement du ministère Villèle, une conspiration redoutable était dirigée contre la liberté de la presse. Il avait été décidé dans la pensée de ses ennemis que l'on saisirait toutes les occasions possibles d'anéantir les brevets d'Imprimeur et de Libraire, et que les brevets une fois éteints, pour une cause quelconque, seraient difficilement renouvelés en d'autres mains ; surtout qu'aucune autorisation de journal politique ne serait plus délivrée; et que l'on essaierait de neutraliser par des transactions pécuniaires les autorisations existantes, ou d'en diminuer le nombre par des procès.

Qui ne se rappelle le scandale de ces procès suscités par le ministère, où celui-ci disputait quelques lambeaux à la liberté, et à des citoyens honnêtes la propriété la plus noble et la plus sacrée, la propriété qu'ils créèrent par leur génie et que devait féconder leur dévouement à la cause publique?

On vit un homme recommandable par l'il-

lustration de sa naissance, tempérée par l'éclat
de ses ridicules, se faire le plastron de M. de
Villèle, pour tuer, en amortissant les journaux,
cette liberté de la presse qui fait justice des ridicules des sots comme des crimes du méchant.
Cet homme essayait d'ennoblir son rôle déplacé
en se donnant, sous le sceau du mystère,
comme l'agent des plus augustes personnages,
secrètement préposé pour mettre une haute
faiblesse à couvert des traits de la publicité,
lorsqu'il n'était que l'agent de M. de Villèle et
celui d'une dame en crédit dont la faveur lui
était acquise, et lui a valu de brillantes et de
lucratives récompenses.

Les sommes dépensées par cette direction
d'amortissement de l'esprit public, s'élèvent,
compte arrêté jusqu'à ce moment, à plus de
SEPT MILLIONS D'ÉCUS, seulement en ce qui concerne la dégradation de la liberté de la presse
dans les feuilles publiques. Quant à la dégradation personnelle des écrivains qui ne font
point partie du bagage des journaux achetés et
soldés pour le compte du ministérialisme, elle
ajoute à cette masse de dépense occulte, en proportion de l'horreur que l'on a pour la libre
faculté d'écrire.

M. de Villèle, contraint d'avouer à la tribune
les transactions honteuses sur les journaux,

a cru pouvoir faire la déclaration qu'il n'y avait pris aucune part. « Ce sont des amis mal- » adroits du ministère, a-t-il dit, qui, dans » leur zèle indiscret, ont cru devoir acheter, » *avec leur argent*, quelques journaux, afin » de leur imprimer un mouvement favorable à » leurs amitiés politiques.» Mensonge solennel, que dément le simple fait de la fortune du directeur et des agens de l'amortissement de l'esprit public, considérablement augmentée et non amoindrie par des opérations qui, outre la somme de sept millions qu'elles ont coûté jusqu'ici, grèvent la caisse secrète d'une dépense d'entretien d'environ cinquante mille francs par mois, soit pour soutenir les feuilles devenues, sous des noms complaisans, la propriété du ministère Villèle, soit pour le paiement des rétributions attribuées à certains journalistes dont les feuilles, quoique n'étant point la propriété du ministère, ne lui en sont pas moins dévouées, même sous des formes décevantes d'opposition.

Il paraît que, dans l'origine, une partie des fonds de la caisse destinée à payer ces dépenses si étrangement avouées par M. de Villèle, a été fournie par les associés secrètement bénéficiaires des marchés de Bayonne en 1823, comme une nécessité de la position de ces bénéficiaires qui avaient besoin du silence, ou bien comme une des clauses de l'étrange protection accordée à ces marchés condamnés par la morale, et qui tôt ou tard le seront par la justice.

On ajoute que des fonds de la liste civile auraient été détournés de leur auguste destination pour venir alimenter cette caisse dont l'emploi est de solder l'infamie à l'effet d'opprimer la liberté.

Enfin M. de Villèle, qui s'est fait le responsable, sans contrôle, de l'argent de toutes les caisses publiques, et qui, par influence du moins, si ce n'est d'une façon plus directe, disposerait même, dit-on, d'une partie des fonds particuliers du Roi, pourrait au besoin nous apprendre comment la corruption se paie, soit qu'elle agisse sur la liberté de la presse, pour la rendre illusoire, soit qu'elle s'attache à d'autres branches de garanties nationales, pour les vicier.

C'était peu d'employer contre la liberté de la presse toutes les entraves de l'arbitraire administratif, toutes les séductions de l'argent, du pouvoir et des honneurs (car on en est venu à décorer du signe de l'honneur, même celui-là dont on avait déjà confisqué la conscience à beaux deniers comptans); on a essayé

de dégrader, pour la perdre dans l'opinion des
honnêtes gens, cette liberté si gênante pour les
prétentions illicites et sottes de l'intérêt privé,
pour l'ambition égoïste et désordonnée de quelques hommes, peut-être d'un seul homme (et
quel homme !) qui veut être plus roi que le Roi,
qui prétend élever son pouvoir de mesquine usurpation au-dessus du pouvoir des lois. On a dit:
« Faisons de la liberté quelque chose qui res-
» semble à de la licence, et, en nous plaignant
» de la licence que nous aurons faite, peut-
» être parviendrons-nous à nous débarrasser de
» la liberté que l'on fait contre nous. »

Aussitôt les espions et les moutons des
vieilles polices prennent la plume; quelques
écrivains, qui visent à un peu d'argent par
beaucoup de scandale, se mettent à la suite;
et tout-à-coup, au même instant, évidemment
à un signal donné, apparaissent comme un
épouvantail, au sein de la société alarmée,
une foule de biographies où les faits politiques
des ministres sont incomplètement signalés,
mais où l'on ne respecte aucun detail intime
de la vie des hommes, de la vie des femmes
où, à côté d'une médisance non permise, la
calomnie elle-même distille son froid venin;
où enfin la licence vient s'enregistrer par
ordre alphabétique, au profit et sans doute

pour le compte du ministérialisme qu'elle sert.

L'oppression cauteleuse de la liberté de la presse, de cette liberté qui, dans notre ordre de choses politiques, constitue essentiellement le droit de défense publique et même celui de défense personnelle, a été le premier crime du ministère. Mais cette sauvegarde donnée à la criminalité de ses actes ne lui suffisant pas, il a cru devoir en chercher une plus efficace dans le concours des Chambres, qui votent l'impôt et qui contribuent à la confection des lois.

La Chambre des députés qui existait encore en 1823, était toute dévouée au trône, mais elle menaçait de l'être trop aux immunités nationales, et de ne l'être bientôt plus assez au ministère : le ministère la cassa.

On ne pouvait décemment accuser le personnel de cette Chambre; on motiva la dissolution de la Chambre même sur un changement prétendu nécessaire dans sa constitution fondamentale. N'osant condamner des députés irréprochables, on condamna la durée quinquennale et le renouvellement par cinquième, pour substituer à ce mode éprouvé par une heureuse expérience et voulu par la Charte, le système inconstitutionnel et chanceux de

la septennalité avec le renouvellement intégral.

En convoquant, en 1824, les colléges électoraux pour l'élection d'une Chambre évidemment appelée à discuter un changement
dans la constitution, le ministère fit un appel
à la souveraineté électorale, espèce de souveraineté du peuple, à qui on avait l'air de demander une convention pour juger la Charte,
comme en 1792 l'assemblée législative avait
demandé une convention pour juger le Roi. Le
21 janvier 1793, en détruisant la royauté par
le meurtre du Roi, fit tout-à-fait disparaître la
constitution dont le Roi était partie intégrante...
Si par des attaques successives la constitution
restaurée, si la Charte avait aussi son 21 janvier, on se demande avec effroi ce que deviendrait le roi de la restauration ; on se demande
avec anxiété ce que deviendrait la nation privée de son souverain et de ses lois, et livrée
aux mouvemens désordonnés, aux ambitions
tyranniques qui toujours accompagnent la
chute plus ou moins violente de l'autorité
légitime et du pouvoir légal.....

Le ministère triompha. Les colléges électoraux, avertis par les communications officieuses et non équivoques du ministère, qu'ils
allaient élire une Chambre appelée à porter une

atteinte notable à la constitution du royaume,
semblèrent n'agir que selon ses exigences, et
ne se mouvoir que d'après l'influence ministérielle partout manifestée et hautement, mais
hélas ! inutilement dénoncée.

La nouvelle Chambre parut, et la Charte
fut violée au profit des ministres. La septennalité, avec le renouvellement intégral, vint
leur offrir une sorte de bail du pouvoir dont
ils crurent dès-lors avoir acquis le privilége
d'user et d'abuser au gré de leurs caprices.

Et afin que rien ne manquât au danger de
cette solennelle violation de la loi fondamen-
cale, la Chambre qui avait concouru à l'in-
fraction de la Charte, ne craignit pas, en présence d'un peuple si délicat sur la probité des
convenances, de jouir elle-même de l'infrac-
tion, et, en donnant un effet rétroactif à la
loi inconstitutionnelle qui lui devait en partie la naissance, de s'appliquer illégalement
le bénéfice d'un pouvoir qu'elle venait de
créer pour l'avenir.

Soit que le ministère crût ne pouvoir pas
assez compter dans de nouvelles élections sur
une chambre aussi amie que celle qu'il avait
sous la main, et qui déjà répondait si bien aux
soins qu'il s'était si péniblement donnés pour
se la procurer ; soit, d'une autre part, que la

majorité de cette chambre ne fût pas aussi sûre
de sa réélection par un nouveau choix des
électeurs que par son propre vote, toujours
est-il vrai de dire que, sur la proposition du
ministère, la chambre se réélut elle-même,
dans un intérêt commun qui n'était pas l'intérêt
de la loi, ni par conséquent celui de la nation.

Si la Chambre des députés, après la loi de
la septennalité avec le renouvellement intégral,
avait été jugée par le ministère, et qu'elle se
fût jugée elle-même moins opposée au vœu
public, nul doute qu'elle n'eût été dissoute
pour procéder à une nouvelle élection, sous l'empire d'une loi qui, étant son ouvrage, étendait
la durée des pouvoirs de ses membres bien au-
delà des limites assignées par le mandat même
en vertu duquel ils avaient pu concourir comme
députés à la confection de la loi nouvelle. Puisqu'on a pu se décider à ne point adopter cette
conduite si simple, et qu'exigeait une sorte de
pudeur, même quand le véritable intérêt de la
loi n'en aurait pas imposé la plus sévère obligation, il faut bien croire que c'est parce
qu'on ne jugeait pas que la Chambre fût assez
forte devant l'opinion, que la Chambre est
restée telle quelle, au risque de tout le dis-
crédit moral dont elle devait être frappée.
C'est donc évidemment parce que la Chambre

venait de violer la charte, sinon d'intention,
du moins de fait, au profit du ministère, et que
réprouvée, à raison de ce fait même, par l'o-
pinion, elle menaçait de se perdre dans un
nouveau mouvement électoral, que le ministère
la conserva dans son intérêt, et qu'elle se conserva elle-même dans le sien.

La Chambre, sans peut-être s'en douter,
n'en devint pas moins en réalité un véritable
pouvoir d'usurpation. Appelée comme une nouvelle Convention pour juger la Charte, comme
l'autre l'avait été pour juger le Roi, il est adve-
nu qu'ainsi que sa devancière, la Convention
nouvelle a usurpé le pouvoir électoral, afin de
prolonger inconstitutionnellement son existence au-delà du terme prescrit par son mandat.

En effet, la Chambre des députés élue en
1824, sous l'empire de la loi de la quinquen-
nalité avec le renouvellement annuel, n'avait
reçu de pouvoirs que pour cinq ans, à la condition d'être renouvelée par cinquième chaque
année. De telle sorte qu'en vertu du principe
constitutif de son élection, cette Chambre a
été de droit dépouillée, après la première année d'un cinquième de sa valeur numérique,
après la deuxième année de deux cinquièmes,
et ainsi de suite jusqu'à la fin de la cinquième
année, où, si elle dure jusque-là, il n'exis-

tera pas dans son sein, numériquement parlant,
un seul membre qui tienne du choix électoral
le droit d'en faire partie.

Ce droit, la plupart des membres de la
Chambre actuelle ne l'exercent plus qu'en
vertu de leur élection propre, inutilement garantie par la sanction du Roi, conseillée par
les ministres, aussi impuissante que leur propre élection et que le concours de la Chambre
haute, à leur imprimer une valeur légitime,
qu'ils ne peuvent tenir que du choix de leurs
pairs, dans le sens des lois existantes au moment où ce choix a eu lieu : car la Chambre
des pairs n'a point, que nous sachions, le droit
de faire des députés; et le Roi qui, dans la
Charte de 1814, c'est-à-dire dans la loi constitutionnelle de l'État, s'est réservé, pour le maintien des droits de la Royauté et pour la conservation de tous les intérêts légitimes commis
à sa garde, la faculté souveraine de dissoudre
à volonté la Chambre élective, s'est prudemm-
ment abstenu du droit d'en nommer les membres, ou d'étendre la durée de leurs pouvoirs,
puisque c'eût été renverser toute l'économie
du système de gouvernement constitué par la
Charte, en donnant réellement aux ministres
l'autorité de former de leurs mains les élémens
du pouvoir même plus spécialement préposé au

contrôle de leurs actes, pour le salut du trône non moins que dans l'intérét du peuple.

Mais si tous les pouvoirs d'usurpation se font reconnaître aux mêmes signes et se dénoncent par les mêmes excès, ils doivent également se livrer aux mêmes développemens, et, en définitive, produire les mêmes effets.

Une analogie frappante entre la Chambre des députés actuelle et l'autre pouvoir législatif d'usurpation déjà cité, c'est le partage du pouvoir administratif, judiciaire et financier, entre ses membres; partage qui, quoique fait avec des formes moins directes dans la Chambre que dans la Convention, n'en obtient pas moins le même résultat, qui est d'établir, en faveur des députés et de leur domesticité, une sorte de monopole des honneurs, du pouvoir et de l'argent du trésor, et simultanément, au profit du ministère, un ascendant moins contesté sur cette Chambre, composée à la grande majorité d'obligés et de subordonnés des ministres.

A Dieu ne plaise que nous pensions qu'une place à conserver ou même à obtenir, puisse directement influencer le vote de ce nombre immense de députés qui sont pourvus, qui veulent se pourvoir, ou qui sont en instance de quelque chose de mieux! Cette opinion serait trop désolante pour l'honneur français, et nous la repoussons avec la juste confiance que des hommes, revêtus de fonctions aussi honorables, ne sauraient dégrader à ce point le caractère national. Quel homme, né sur le sol qui vit éclore tant de sentimens généreux, tant de vertus loyales, sur ce sol qu'illustrèrent les Bayard, les L'Hôpital, les Turenne, les Lamoignon, pourrait se faire à l'idée d'un Français, surtout d'un député français, marchandant un peu d'or (car, en matière de corruption, les places et les dignités même ne représentent que de l'or), au prix de sa conscience polluée et de l'intérêt public indignement sacrifié?

Mais souvent une influence détournée, celle, par exemple, qui naît d'un entourage satisfait d'un sort brillant, entraîne doucement, en faveur de ceux à qui ce sort brillant est dû, vers une conviction dont la reconnaissance, nécessairement un peu vive dans son allure, ne calcule pas toujours, avec toute la précision imaginable, les motifs et les conséquences. On commence par agir de confiance à l'égard de ceux de qui l'on a reçu de bons procédés; et, une fois engagé, on finit assez naturellement par regarder comme indispensable le complément de ce qui d'abord s'est fait par un entrai-

nement louable, sous un certain rapport, dans
son motif. Pour résister, dans l'intérêt général,
à cette impulsion de bienveillance une fois donnée, il faudrait une vertu plus que romaine;
et quelque bonne opinion que nous puissions
avoir individuellement de la vertu de nos députés, nous ne pensons pas cependant qu'ils
soient des Fabricius. Seraient-ils des Fabricius,
qu'ils resteraient encore impuissans à faire le
bien, en présence d'une nation qui n'aurait pas
le secret de leur force morale, et qui verrait,
en tremblant, les places et les dignités, occasion du moins probable de leur condescen-
dance.

Par toutes ces considérations, la Chambre
des députés actuelle, décréditée aux yeux de
l'opinion, faible de position, si ce n'est autrement, et n'ayant rien en propre que sa faiblesse, n'a pu et ne peut avoir d'action que
pour seconder l'action ministérielle dans tous
ses mouvemens et dans ses divers caprices. Et
en effet les actes auxquels elle a concouru ne
prouvent malheureusement que trop cette triste
vérité.

Le ministère avait demandé la septennalité
avec le renouvellement intégral, et la Chambre
la lui avait accordée et se l'était arbitrairement
accordée à elle-même, par le motif, disaient le

ministère et la Chambre, de la nécessité de
sessions non interrompues par les élections
annuelles, afin de pouvoir établir ou compléter sans embarras les diverses institutions
propres à l'ordie politique en France, et veiller
sans dérangement sur les diverses branches
de la prospérité publique.

Le premier des actes complémentaires de
la Charte pour un ministère ami de ses devoirs,
c'était peut-être la loi qui, selon l'art. 56, doit
spécifier la nature des délits de trahison et de
concussion pour lesquels les ministres sont
justiciables des Chambres, et qui doit déterminer la poursuite de ces délits.

De cette omission calculée par la félonie
ministérielle résulte, dans l'habitude de nos
mœurs politiques, une sorte de souveraineté
des ministres, qui naît, dans le cabinet du
Roi, de la considération d'une responsabilité
illusoire au dehors.

Que de déceptions avec notre charte incomplète et nos lois tronquées! La presse est libre;
mais ce droit n'existe que sur le papier. Les
ministres sont responsables; mais cette responsabilité est dans le vague du néant.

Tout s'enchaîne dans le système des vérités
politiques: la liberté réelle de la presse amènerait
bientôt la responsabilité réelle des ministres;

comme si les ministres étaient de fait responsables, la presse serait réellement libre.

Contre le vœu de la Charte on a laissé subsister pour la liberté de la presse une partie des vieilles restrictions de l'empire, auxquelles on a ajouté de nouvelles restrictions, que vont suivre, à ce qu'il paraît, d'autres restrictions encore dans la session qui va s'ouvrir ; et les ministres responsables d'après cette même Charte, sont inviolables dans la réalité, lorsque cette inviolabilité appartient à la personne sacrée du Roi. C'est donc l'oppression du peuple et l'effacement du trône que l'on prétend compléter ; c'est la souveraineté des ministres, de toutes les usurpations la plus ridicule, de toutes les tyrannies la plus tracassière et la plus dangereuse au salut de l'Etat, que l'on veut réduire en système de gouvernement. Courage, mes braves pygmées, essayez de soutenir avec vos petits bras un pouvoir usurpé pour qui le bras de fer d'un conquérant ne fut pas assez fort! L'opinion publique est là qui vous attend pour faire justice de vos bizarres efforts : cette opinion publique tôt ou tard triomphante parce qu'elle est juste et modérée; mais forte de sa modération et puissante de sa justice.

Il y avait quelque chose à faire pour renforcer l'aristocratie politique de la Chambre des pairs. Le ministère, dans l'intérêt de son despotisme, a fait tout le contraire.

Lorsque, dans l'esprit et selon la lettre même de la Charte, cette *portion essentielle de la puissance législative* réclamait une prépondérance analogue au rang élevé qu'elle occupe dans la hiérarchie politique, elle s'est vue soumise aux caprices souverains des ministres que, dans l'ordre de ses attributions, elle peut être appelée à juger, et cela pour la distribution de certaines sommes que le ministère s'est réservé la faculté de donner arbitrairement à tel ou tel pair qu'il lui plaît de choisir comme l'objet privilégié de ses munificences, à-peu-près comme le magister accorde des prix de sagesse à ceux de ses écoliers dont il est bien. content.

Ce n'est pas ainsi qu'avait conçu la pairie ce roi dont la cendre est à peine réfroidie, et qui avait puisé « dans les monumens véné-
» rables des siècles passés le renouvellement
» de la pairie comme une institution vraiment
» nationale. » Ce n'est pas de cette façon étroite que la pairie de France peut entrer dans une tête française. Nos vieilles coutumes et nos besoins nouveaux, tout impose l'obligation à un ministère vraiment national, vrai-

ment royaliste, de ramener notre pairie nouvelle à quelque chose qui rappelle son antique
splendeur, comme la plus noble sauvegarde
du trône et le boulevard le plus immuable des
libertés publiques.

Consacrer les exigences des coutumes par la
sainteté des lois; telle doit être la grande pensée du législateur. Ce devoir devient doublement
ment sacré quand il est commandé plus spécialement par les besoins publics.

Or, dans toutes sortes de gouvernemens,
surtout dans ceux où la masse entre pour
quelque chose, il existe toujours, même indépendamment de la volonté légale, une classe
recommandable par les services rendus à la
patrie, ou privilégiée par les talens ou par la
fortune, qui se place naturellement dans l'action du gouvernement, et forme avec le peuple
et le monarque un contrepoids nécessaire au
maintien et à la prospérité de l'État. La Chambre des pairs est la représentation la plus élevée
de cette aristocratie naturelle, que la sagesse
doit s'empresser à rendre légale et à revêtir de
tous les attributs de la puissance et des honneurs.

Cette combinaison, convenable à l'intérêt
général, se trouve malheureusement en opposition avec les prétentions d'un ministère am-

bitieux qui, voulant rabaisser tout au-dessous
de lui est d'autant plus dans la nécessité de réduire les choses les plus grandes aux dimensions les plus exiguës, tant il faut que tout se
fasse petit pour que tout se trouve un peu au-
dessous d'un pouvoir d'usurpation qui naturellement est si loin des proportions de la grandeur.

De cette sorte de dégradation de ce qu'il y
a de plus élevé dans la famille politique, il n'y
avait qu'un pas pour arriver à l'abaissement de
ce qu'il y a de plus sacré dans la famille naturelle. En effet, on a présenté un projet sur les
successions et les substitutions, fondé sur ces
misérables principes de petit despotisme, qui
gâtent les meilleures choses.

Ce projet de loi, qu'il était pourtant dans
l'intention et surtout dans les prétentions de
son auteur de rendre monarchique, avait pour
base cette doctrine, *que la terre est la seule
chose qui puisse avoir parmi nous de la fixité
et de la durée*(1), doctrine non seulement anti-
monarchique, mais anti-sociale, exprimée
long-temps avant M. le Garde-des-Sceaux par

---

(1) *Exposé des motifs par M. le Garde-des-Sceaux*,
séance de la Chambre des pairs du 10 février 1826.
Moniteur du 11.

cette maxime fameuse d'un avocat : *la Patrie,
c'est le sol.*

Une loi sur les successions doit être essentiellement facultative pour l'autorité paternelle;
et la loi proposée, et repoussée en ce point par
la Chambre des pairs, contrariait brutalement
cette même autorité, qui doit être la source
sacrée de tout système légal sur les successions.

Si on l'eût fait découler de l'autorité paternelle, considérée comme une souveraineté naturelle dans la famille, la loi eût été convenable
et serait devenue doublement utile, soit pour
régler la sûreté des héritages, soit pour établir
une influence nécessaire sur les mœurs publiques. Dans le système contraire, la sûreté des
héritages ne devait pas gagner grand'chose, et
dans certains cas, pouvait éprouver des pertes
notables; et les mœurs publiques y étaient vio-
lemment outragées dans l'autorité paternelle,
mise à la torture en vertu d'une loi.

Mais aussi ménageait-on à l'influence ministérielle une masse d'électeurs plus restreinte,
dont le personnel pouvait être prévu, et, par
conséquent, plus facilement circonvenu et dis-
cipliné au profit du ministérialisme........... Et
qu'importent les mœurs publiques et tout ce
qu'il y a de plus essentiel au bien de l'État,
quand l'intérêt du ministérialisme est en jeu?

Si tout ce qui est d'autorité légitime, même cette légitimité de la nature, cette puissance du chef de la famille, prototype sacré de la puissance du père de la patrie, a été sacrifié sur l'autel du ministérialisme, tout ce qui est d'usurpation et d'arbitraire n'en a été que plus précieusement conservé et renforcé comme tel par le ministère.

Ainsi, le Conseil-d'État nous est resté avec les mêmes attributions judiciaires qu'il avait sous l'Empire, moins les garanties qu'offrait alors, dans ce tribunal administratif, l'indépendance résultant de l'inamovibilité de ses membres. Le Conseil-d'État, surtout dans l'état de dépendance ministérielle où il se trouve maintenant placé, n'est point autorisé par le texte, et se trouve même repoussé par l'esprit de la Charte; il est en opposition violente avec les droits publics créés par cette loi fondamentale, qui a consacré pour tous les citoyens l'indépendance des corps judiciaires.

Mais ce corps anti-constitutionnel et doublement oppressif dans l'ordre de choses actuel et avec sa constitution tronquée, est pour le ministérialisme un puissant moyen d'influence et de domination arbitraire; et les prétentions usurpatrices du ministère ont dû l'emporter sur l'autorité des lois et sur les droits les plus légitimes des Français. Grâce aux exigences de l'usurpation ministérielle, nous avons la liberté et la justice écrites dans la constitution de l'État, et le despotisme et l'arbitraire organisés dans ce qu'on appelle le Conseil-d'État.

C'était peu pour le ministère d'avoir à sa discrétion ce monstrueux assemblage d'arbitraire et de despotisme, il fallait encore que le monstre fût armé, pour combattre efficacement en l'honneur et au profit de son seigneur et maître.

C'est à cette fin redoutable que le ministère lui conserva soigneusement, pour l'utilité des actes vexatoires souvent les plus opposés, cet immense arsenal de lois contradictoires, fabriquées pour chaque circonstance dans cette variable succession de législatures tombées l'une sur l'autre pendant tant d'années de commotions politiques.

Une commission a été nommée, non pour faire, comme on l'avait annoncé, sur cette législation à toute main et à toute fin, un choix conforme au vœu exprimé dans l'article 68 de la Charte; mais, dans le fait, avec la mission incomplète d'opérer une espèce de triage dans les simples actes de gouvernement, publiés en exécution des lois. Les décrets, arrêtés, règlemens ou instructions des divers gouvernemens qui se sont succédé en France, seront donc

3..

épurés, sinon d'après le vœu de la Charte et l'exigence de nos besoins actuels, du moins à la façon de MM. les commissaires, assez gênés dans un travail incomplet et bizarre de sa nature; mais les actes bien plus importans émanés des diverses législatures, constituante, législative de 1791, conventionnelle, directoriale, consulaire, impérialiste et autres, resteront toujours à la disposition du Conseil-d'État ministériel, pour être, comme à l'ordinaire, interprétés ainsi qu'il plaira nécessairement à leurs excellences. La belle avance! C'est à-la-fois une trahison contre l'intérêt général et une insulte dérisoire pour les citoyens en butte à la réalité de la plus sotte et de la plus dangereuse tyrannie, sous les formes apparentes de l'ordre et de la liberté.

Les considérations les plus puissantes, les besoins les plus impérieux s'élèvent depuis long-temps contre le système de centralisation, si fortement attaqué par M. de Villèle, quand M. de Villèle n'était pas ministre, et si ingénieusement perfectionné depuis que M. de Villèle est le ministère.

Le besoin de classer convenablement la défense de tous les intérêts légitimes et l'exercice de tous les droits légaux, la nécessité de régulariser le système social de l'égalité relative,

dont le principe fécond se retrouve dans la
Charte, tout faisait une loi de décentraliser le
pouvoir et de le porter plus particulièrement
dans les localités et même dans les corporations. La centralisation s'est encore centralisée
sous le ministère actuel ; elle avait, il y a quelques années, pour prison la ville de Paris,
qui du moins profitait en quelque sorte de ce
qu'on enlevait aux départemens : maintenant,
renfermée dans l'hôtel, dans le cabinet de
M. de Villèle, Dieu sait à qui profite ce qu'elle
enlève aux départemens et à la capitale.

C'est là que vient se perdre l'indépendance
de la France entière, et que s'engouffre, dans
une comptabilité où le même homme est à-la-
fois comptable et contrôleur, ce budget immense dont les proportions semblent moins
calculées sur les besoins de notre état présent
que sur d'autres besoins inconnus dont il est
impossible de mesurer au juste l'étendue.

Dans les plus brillantes et les plus dispen-
dieuses années de l'Empire, le budget de la
France était de sept cent vingt-deux millions ;
notre budget actuel s'élève à neuf cent vingt
millions : différence à la charge de l'époque
actuelle deux cents millions.

Les budgets qui ont suivi la seconde restauration sont grevés sans contredit d'une dette

publique et d'un amortissement beaucoup plus
chargés que ne l'étaient la dette publique et
l'amortissement des budgets impériaux; mais
d'un autre côté, l'Empire avait une armée
beaucoup plus considérable et qui lui coûtait
près de cent cinquante millions de plus que
ne coûte notre nouvelle armée : ainsi ces deux
objets se compensent parfaitement. Or, comment se fait-il que la France paie en 1826
à-peu-près DEUX CENTS MILLIONS de plus qu'elle
ne payait en 1806, 1807 et 1808, alors que
son territoire comprenait dans sa vaste enceinte les Pays-Bas, l'Allemagne jusqu'au
Rhin, la Savoie, le Piémont, Nice, la Toscane
et l'État de Gênes?

Il nous faut bien certainement aujourd'hui
un personnel moins nombreux d'administration locale, tant pour la partie administrative,
proprement dite, que pour la partie judiciaire;
et cependant tout cela coûtait deux cents
millions de moins qu'aujourd'hui, où la dimi-
tion notable de ce personnel administratif devrait au contraire avoir réduit l'état de nos
dépenses dans une proportion à-peu-près relative avec la diminution de notre territoire.

Cette immense disproportion entre nos dépenses publiques, dont les objets sont nécessairement restreints, et notre budget si considéra-

blement augmenté, est, d'une autre part,
d'autant plus onéreux à la France, que tandis
qu'en 1808 sept cent vingt millions d'impôts
étaient répartis sur plus de cent trente départe-
temens, en 1826 quatre-vingt-six départemens
supportent la charge de près d'un milliard; de
telle sorte que le contribuable français actuel
paie peut-être le double de la contribution
imposée au contribuable de l'Empire.

Il ne suffit pas d'avoir un gouvernement
représentatif; encore faudrait-il, sous un tel
gouvernement, où la défense des intérêts publics est un droit pour tous et un devoir pour
quelques-uns, ne pas être écrasé un peu plus
qu'on ne l'était sous le sceptre de fer d'un
soldat couronné.

Ces rapprochemens si dangereux par l'influence ennemie qu'à la longue ils obtiennent
sur l'esprit public, ne sont pas de nous; ils appartiennent de fait tout entiers à un ministère
qui ne se sert des formes de la liberté que pour
légaliser en quelque sorte son système personnel d'oppression, et des garanties nationales que pour consacrer, par la sainteté de
leur sanction, tout ce que le despotisme a de
plus insolent, tout ce que le mépris des intérêts
de la fortune publique offre de plus criminel.

On présente dérisoirement, au bout de

l'année, quelques millions d'excédant de recette. Mais un excédent de recette n'est pas
toujours une économie, et provient le plus
souvent d'un surcroît d'impôt, quelquefois
péniblement obtenu sur un impôt déjà trop
surchargé. Ainsi, M. de Villèle vient périodi-
quement se vanter à chaque session d'un accroissement des charges publiques dont, au
contraire, il faudrait considérablement alléger
le poids. Ce n'est pas de ne point assez payer
que la France se plaint; c'est de payer trop.

En outre des neuf cents et tant de millions
portés ostensiblement dans le budget de l'État,
et même indépendamment des budgets municipaux, la France a le bonheur de payer des
budgets de police dont les sommes sont assez
rondes. Dans la capitale, qui, à la vérité, se
présente sous ce rapport avec des proportions
peu ordinaires, M. le préfet de police perçoit
arbitrairement ses impôts par millions; et il les
dépense de même. Ce magistrat, puisqu'on
l'appelle ainsi par politesse, entr'autres prélè-
vemens aussi onéreux et plus ou moins moraux
ou immoraux, vend aux citoyens l'impureté
près d'un million et demi, et l'eau de la Seine
à-peu-près autant.

Le budget même de l'État n'est-il pas flétri de
cette loterie qui corrompt les habitudes du peuple

et surtout de ce jeu breveté, la ruine et le désespoir des familles, impôts infâmes dont on
étaie la prétendue nécessité avec de cruels sophismes, et que l'on maintient pour l'amour
de certaines subventions où chaque pièce d'or
est trempée de larmes et de sang?

Ces lourds et brillans rouleaux symétrique-
ment comptés chaque mois sur cette cheminée,
comment pouvez-vous y toucher? Ne savez-
vous pas que c'est la dépouille d'une mère,
d'enfans hier dans l'aisance, dans l'opulence
peut-être, aujourd'hui dans la misère? Pouvez-vous sans horreur vous rendre l'héritier du
malheureux qui les possédait la veille, et dont
le cadavre en ce moment même est enseveli
dans les filets de Saint-Cloud?.....

Il y a des jours de repos pour toutes les industries honnêtes; il n'y en a point pour ces
industries honteuses et cruelles de la loterie
royale, du jeu breveté et des filles publiques
patentées. L'habitant de Paris ne peut pas tous
les jours gagner sa vie, quelle que soit souvent
l'excuse honorable qu'il pourrait offrir de la
nécessité de son travail et l'approbation dont
l'Eglise même revêtirait en certains cas cette
nécessité; mais en revanche, il peut à tout instant ruiner sa bourse ou sa santé: car il n'y a
point de relâche pour le vice.

Lorsque la France a perdu son Roi, le frère
de Louis XVI, l'immortel auteur de la Charte,
les spectacles, pendant douze jours, n'ont point
joué; mais on a joué la roulette et le trente-un,
par privilége et sous la protection spéciale de
l'autorité, à l'exception d'un seul jour accordé
par un reste de pudeur, celui de la mort du
Roi. L'anniversaire même du 21 janvier,
de ce jour de douleur nationale et d'expiation
publique, n'a pas toujours été respecté par cette
ferme impie qui calcule par trentaine et qua-
rantaine de mille francs la perte d'une journée
où elle laisse respirer ses victimes.

M. de Villèle, quand il n'était pas ministre,
s'élevait avec toute l'énergie dont il était capable et contre les prodigalités du budget, et
contre la nature de certains impôts, et contre
l'illégalité de quelques autres. Le futur ministre des finances poussa même un jour son
zèle pour l'allégement des contribuables, jusqu'à demander que la place la plus fortement
rétribuée de l'administration ne s'élevât pas
au-delà de quarante mille francs d'honoraires.
M. de Villèle, devenu ministre, ne se contente
pas, que nous sachions, de quarante mille
francs : la saignée annuelle qu'il fait au Trésor
est un peu plus forte. Cette circonstance cependant serait de peu de considération, si les

grandes prodigalités du budget avaient disparu ; si la corruption, au lieu de diminuer, n'a-
vait augmenté, avec une progression telle,
qu'on dirait qu'il y a une sorte de honte aujourd'hui à n'être pas corrompu ; s'il y avait
un peu moins de scandale dans les impôts immoraux, et un peu plus de modération dans
les perceptions frappées d'illégalité, et même
quelquefois dans les perceptions dont le principe est légal ; si, en un mot, la morale avait
été plus respectée, et la fortune publique moins
livrée aux dilapidations.

Le premier acte important du ministère de
M. de Villèle, sous le rapport des finances, a
été la vente de vingt-trois millions de rentes
cinq pour cent, dans l'année 1823. Les divers
cours de la bourse et les discours du ministre à
la main, il est impossible de ne pas avoir la
plus intime conviction que, lorsque M. de Villèle négociait cette masse énorme de rentes,
avec une précipitation que rien ne rendait excusable et que les circonstances même con-
damnaient, surtout à des conditions et avec des
formes de concurrence et de publicité également
décevantes, ce ministre se rendait coupable du
plus grand crime qu'un ministre des finances puisse commettre, en faisant profiter
la compagnie Rothschild d'un bénéfice de

près de CENT MILLIONS, au détriment de l'E-
tat.

Dans le moment même où le Trésor éprouvait
cette perte, par le propre fait du ministre, on
lui en faisait supporter une plus forte, à l'occasion de la guerre d'Espagne, dans le mouvement de laquelle on vit, chose étonnante, le
ministre de la guerre, le noble duc de Bellune,
employant tous ses efforts à ménager l'argent
de l'Etat, à le sauver de la concussion et de la
rapacité, et la plus scandaleuse prodigalité des
deniers publics, tolérée, et, à certains égards,
protégée par le ministre contrôleur naturel
des dépenses publiques. Heureuse encore la
France, si, dans cette honteuse dilapidation,
qui donna lieu aux hostilités survenues entre le
ministre de la guerre, qui voulait en avoir raison, et le ministre des finances, qui montrait
ne pas le vouloir, elle n'eût souffert que de la
perte de son argent! Mais la voix publique ac-
cusa, elle accuse encore de corruption et de
vénalité des Français pour qui le dépôt de
l'honneur semblait devoir être le plus sacré;
et cette perte, si elle existe, est sans doute la
moins réparable et la plus douloureuse.

Quoi qu'il en soit de cette dernière alléga-
tion, sur laquelle nous nous proposons de je-
ter plus tard quelque lumière, il est de fait que

dans l'espace de six mois, l'administration financière de M. de Villèle a fait éprouver à l'E-
tat une perte extraordinaire d'environ DEUX
CENTS MILLIONS, que l'opération la plus bizarre
en finances devait bientôt aggraver encore.

Ce fut en effet presqu'immédiatement que,
soit par une suite du système dont ses premiers
écarts lui avaient imposé la nécessité, soit dans
le but de parer à quelques-uns des inconvéniens
que ces mêmes écarts avaient produits, M. de Villèle se laissa malheureusement entraîner à sa
désastreuse opération du remboursement et de
la conversion des rentes.

Ses premières tentatives ayant été repous-
sées en 1824, par la Chambre des pairs, elles
furent opiniâtrement reproduites, d'une manière plus ridicule même que la première fois,
dans la session suivante ; et, soit par lassitude,
soit par une fatale et fausse conviction que le
nouveau projet était peut-être un peu moins
mauvais que l'ancien, l'opération fut agréée
par les Chambres et autorisée par une loi de
l'État.

La conduite, ou, pour mieux dire, l'exploi-
tation marchande de cette opération, fut con-
fiée à la même compagnie à qui l'on avait déjà
donné, de la main à la main, un bénéfice de
près de cent millions, sur la négociation toute

récente des vingt-trois millions de rentes cinq pour cent. Cette première circonstance jeta tout d'abord sur l'opération une défaveur qui en aurait peut-être déterminé la chute, si d'autres considérations, plus essentiellement déterminantes encore, n'étaient venues revendiquer cet honneur.

On avait établi dans la loi le principe d'un remboursement extraordinaire du cinq pour cent, au moyen d'un échange de ce même cinq pour cent contre du trois pour cent ; et l'on n'avait pas craint, en même temps, d'accroître le capital de la rente convertie, d'un tiers, qui augmentait ainsi réellement, dans une proportion relative, le capital de la dette publique, reconnu remboursable autrement que par l'action de la caisse d'amortissement!

D'un autre côté, restait toujours, même avec l'augmentation à la charge de l'Etat d'un tiers sur le capital converti, une perte réelle, pour les convertisseurs, d'un pour cent sur l'intérêt. Le ministre dut prendre dès-lors l'engagement tacite de couvrir cette perte: car ceux qui ont converti sont nécessairement les amis de M. de Villèle ; et il est assez naturel que M. de Villèle se montre reconnaissant envers ses amis d'un acte de confiance ou de complaisance qu'il doit à leur amitié. D'ailleurs M. de

Villèle, par suite de son opération, prenait
l'engagement de prouver qu'ainsi qu'il l'avait
dit et fait dire, tandis que les cinq pour cent
ne vaudraient à la bourse qu'un peu plus de
cent, les trois pour cent y seraient cotés à qua-
tre-vingts, c'est-à-dire que quatre égaleraient
cinq.

Pour obtenir ce beau résultat, le cinq a été
constamment privé, encore plus par l'exécution
de la loi que par la loi elle-même, de la part
de l'amortissement qui lui était applicable ;
tout l'amortissement a été porté et n'a cessé
depuis d'agir exclusivement sur le trois pour
cent ; les receveurs-généraux de finances ont
été enrégimentés et leurs fonds et ceux de
leurs cliens agglomérés pour le soutenir ; toute
l'influence et même l'action positive des caisses
du gouvernement y ont été employées : et l'on
n'a obtenu pour ce malheureux trois qu'une
misérable petite hausse factice, combinée entre les divers intéressés , et qui par conséquent
coûte beaucoup et ne produit pas grand'chose.

La raison de ceci est toute simple. Et d'a-
bord, comme cela devait être, les convertisseurs n'ayant pu agir pour la conversion du
cinq en trois, que sur la partie de rentes non
classée, la seule qui fût disponible sur la place
pour être vendue, il s'est trouvé tout naturel-

lement que tout ce qui est resté du cinq pour
cent, après la conversion en trois de toute la
partie disponible du cinq, n'a été généralement
que l'ancienne portion du cinq pour cent classée entre les mains des capitalistes comme
objet de revenu, et qui par conséquent n'était
pas à vendre. On conçoit dès-lors que le
cinq pour cent ainsi dégagé de son ancienne
partie flottante, puisse se passer de l'action de
la caisse d'amortissement sans rien perdre de
sa valeur, et que l'action de cette caisse soit
devenue exclusivement nécessaire pour soutenir ce malheureux trois qui n'est réellement,
sous une autre forme, que l'ancienne partie
flottante du cinq, et en un mot, tout ce qui reste
à vendre en fonds publics français à la Bourse.

Le cinq est classé dans les mains des capitalistes qui l'ont acheté et qui le gardent comme
objet à revenu ; le trois est flottant dans les
mains des spéculateurs qui ne l'ont acheté que
pour le vendre : voilà l'état des deux fonds.

Le trois, relativement au cinq, étant en ce
moment affligé d'une hausse factice, et mena-
çant, en conséquence, d'éprouver une baisse de
son cours jusqu'à une proportion en rapport
avec le cours du cinq, ce dernier fonds, qui
n'a pas cette chance à subir, est plus sûr que le
trois; dans l'état présent des deux cours, il of-

fre de plus au capitaliste qui veut entrer dans
la rente pour s'en faire un revenu, l'avantage
de lui donner, pour la même somme déboursée,
un revenu d'un cinquième environ plus fort
dans l'achat du cinq, dont le cours est relativement moins élevé, que dans l'achat du trois,
dont le cours est relativement plus haut. Nul
doute dès-lors que le capitaliste, qui veut
classer la rente entre ses mains, comme il y
classerait un immeuble, ne préfère de toute
manière le cinq au trois (1).

Le cinq n'étant donc pas à vendre, sauf dans
quelques occasions rares et tout-à-fait acci-
dentelles, et étant en même temps le seul fonds
convoité par ceux qui veulent réellement entrer dans les fonds publics français, est amorti
de fait par la confiance publique, de tous les
amortissemens le plus riche; le trois pour cent
étant exclusivement à vendre, et personne
n'ayant intérêt à l'acheter, est amorti par la
Caisse d'amortissement, qui, quoique bien
garnie, ne saurait être aussi inépuisable que la
confiance.

---

(1) Un capitaliste a 72,000 fr. à placer sur la rente.
Il trouve le trois pour cent coté à 72, et le cinq à 100.
S'il achète du trois, il aura 3,000 fr. de revenu; s'il
achète du cinq, son revenu sera de 3,600 fr.

4

Dans cet état de choses, le simple bon sens indique que le cinq vaut au moins le trois, si même il ne vaut mieux; qu'en conséquence, lorsque, par exemple, le cours du cinq est 100, le cours du trois ne saurait être que 60; et que tout ce qui, dans l'état actuel de la Bourse, s'écarte de cette ligne, n'est qu'une ridicule déception, dont il faudra bien que la compagnie des convertisseurs, ou pour mieux dire, le Trésor qui lui a garanti ses chances, soit la victime, puisque le public paraît avoir pris définitivement le parti de n'en pas être la dupe.

Si, dans des intérêts dont, au jour de la débâcle, on s'avisera bien certainement de caractériser la nature et de rigoureusement apprécier le mérite, M. de Villèle n'avait point fatigué le crédit public, notre rente cinq pour cent, bien garantie par un impôt au-delà de nos besoins, serait montée à 115 et à 120, d'après l'aveu de M. de Villèle même, proclamé à la tribune de la Chambre des Députés: avantage immense en cas d'emprunt, et dont l'idée ne saurait être affaiblie par la considération du surcroit de dépense que le rachat d'une rente élevée si haut, aurait dû nécessairement coûter à la Caisse d'Amortissement, en présence de l'opération actuelle de cette même caisse, achetant du trois pour cent à 71 ; ce qui équivaut pour l'amortissement du cinq pour cent, à 118, non compris la différence résultant de l'augmentation du tiers sur le capital, à laquelle la conversion a donné lieu, et qui présente en effet à l'amortissement une proportion de capital plus considérable sur le trois converti du cinq, que sur le cinq non converti.

Nous aurions eu une hausse réelle, et par conséquent fort utile du cinq pour cent; nous n'avons qu'une baisse du cinq et une hausse factice et ruineuse du trois. Quel triste et déplorable résultat de tant d'efforts! et pourquoi tant d'efforts, quand le *statu quo* de notre crédit était si satisfaisant ?

Toute l'influence du ministère des finances, tout l'esprit de direction du gouvernement, sont maintenant employés, sinon au succès du trois pour cent, sur lequel on voit bien qu'il ne faut plus compter, du moins pour en retarder et pour en adoucir la chute. Par conséquent, embarras pour notre politique dont le mouvement est circonscrit dans l'enceinte étroite de la Bourse, et perte réelle pour le Trésor, dont toutes les ressources vont s'engloutir au trois pour cent.

D'après une accusation solennelle portée dans un journal, et non démentie, M. de Vil-

lèle a rendu le Trésor royal garant envers les
receveurs-généraux du syndicat de toutes les
chances attachées à cette œuvre qui leur a été
imposée par le ministre, et qu'ils n'ont voulu
accepter que sous condition, et en quelque
sorte, sous bénéfice d'inventaire; tant l'opération bizarre si imprudemment adoptée par
M. de Villèle, leur a paru digne de confiance
et d'estime.

Les lois, protectrices de l'honneur et de la
fortune des citoyens, ont vainement proscrit
sur la Bourse où se négocient les effets publics, le jeu et le pari, et surtout ces coalitions
immorales, créées par la cupidité de quelques-
uns, au préjudice de la masse, pour faire haus-
ser ou baisser la rente au-dessus ou au-dessous
du cours qu'aurait déterminé la concurrence
libre du commerce. M. de Villèle, plus puissant que la loi, a pu déterminer une réunion
d'hommes notables à venir affronter l'amende
et la prison correctionnelle, pour servir ses
pitoyables combinaisons; prêtant ainsi à ses
fautes les secours de crimes déférés aux sévérités
de la justice.

Le syndicat joue et parie à la Bourse; il y
forme une réunion coupable; et ce jeu et ce
pari ont lieu sous le protectorat, et cette réunion a été formée et est dirigée par les soins

même du ministre des finances, dont l'action
ne devrait se faire sentir à la Bourse, placée à
cet effet sous sa haute surveillance, que pour
y faire respecter les lois, et s'y montrer la
sauve-garde impassible de la fortune des citoyens. Clovis, demandant à saint Remy combien durerait la monarchie, en reçut cette noble réponse : « Tant que les lois et la justice y
règneront. » Ne pourrait-on point prier M. de
Villèle de vouloir bien ne pas sacrifier l'existence de la monarchie, le sort de la France, à
la bourse du trois pour cent? Ne peut-on pas
aussi se demander, avec quelqu'effroi, comment il se fait que M. de Villèle puisse tant de
choses impunément, et où nous mène une telle
impunité?

Le vote de la loi d'agiotage, qui a nécessité
un tel désordre, a été arraché aux Chambres
par une combinaison ministérielle, immorale
et impolitique tout ensemble.

La majorité des Chambres éprouvait le besoin de réparer, au moyen d'une juste indemnité, les outrages faits à la propriété pendant
nos troubles révolutionnaires. Cette grande
mesure de sociabilité manquait essentiellement
à la restauration du pouvoir légitime en France.
Dégagée de tout intérêt autre que celui de la
justice, elle devait raffermir l'ordre public, en

faisant disparaître le dernier germe des dis-
sensions qui divisaient encore les esprits, et
consolider la société tout entière, en rendant
au sol toute sa fermeté, par une consécration
solennelle du respect dû au droit de propriété.

Il fallait profiter des dispositions des Chambres pour arriver loyalement à ces grands résultats ; M. de Villèle s'en est tout bonnement
servi comme d'un auxiliaire pour son misérable projet d'agiotage. La loi d'indemnité, la
loi sociale de réparation, réclamée par le droit
de propriété et par le besoin d'unir tous les
Français dans un même sentiment d'amour
pour le Roi et les institutions de la patrie ;
cette loi, grande et majestueuse dans le principe qui lui était propre, bienfaisante et salutaire par les conséquences qui devaient en
découler, est venue à la remorque d'une loi
d'agiotage.

L'indemnité, ainsi dégradée, a paru à ceux-
ci une sorte de prodigalité des deniers de
l'Etat, à ceux-là une œuvre incomplète de tar-
dive réparation, ridicule et bizarre au jugement
de tous.

Dans la situation des choses, cependant, le
ministère, entraîné à plus de justice qu'il ne
voulait, a fait contracter à l'Etat des engage-
mens plus considérables qu'il n'avait pensé.

Le ministère n'avait point donné au projet
de loi le caractère d'une réparation, d'une indemnité à titre de justice; mais ce caractère
nécessaire et sacré lui a été imprimé au moyen
de dispositions précises introduites dans la loi
par les Chambres et sanctionnées par le Roi.
Il ne s'agit donc plus de ce que M. de Villèle
ne voulait pas faire, mais de ce qui devait être
et de ce qui a été fait.

Car, la loi n'en a pas moins consacré l'indemnité allouée aux propriétaires confisqués
pour cause politique, pendant l'absence du
pouvoir royal, non comme un acte de muni-
ficence, mais comme une *dette de l'Etat*.

Une dette, et une dette réelle dans ses motifs, et d'ailleurs solennellement reconnue, se
paie, non en revenu, mais en capital, puisque
ce n'est pas seulement la rente attachée à la
propriété, mais que c'est surtout la propriété
qui a été confisquée, et qui, en conséquence,
est restituable en argent par la seule et unique
raison qu'elle ne peut pas l'être en nature.

En allouant un capital d'un milliard à l'indemnité, la loi a donc entendu donner réellement un milliard. Que l'on paie ce milliard
en rentes trois pour cent, comme on aurait pu
le payer avec un autre papier, c'est toujours
le capital d'un milliard que le papier remis en

paiement doit produire, en calculant les va-
leurs données en compte, selon le taux auquel
le créancier à qui on les remet a pu les réaliser
en numéraire sur la place, au moment où il
les a tenues en sa possession.

Si les rentes trois pour cent que la loi af-
fecte au paiement de l'indemnité avaient valu
aux époques de paiement le pair nominal,
comme l'annonçait fastueusement M. de Villèle, le milliard de l'indemnité eût été payé
selon le vœu de la loi.

Mais les assurances de M. de Villèle ayant
été démenties par les faits, et les indemnisés
qui auront voulu vendre leurs rentes pour s'en
faire un capital, ayant eu, par le fait, à supporter une perte considérable dans cette vente,
il ne reste plus qu'à établir un cours commun
de la rente trois pour cent entre les divers
cours auxquels cette rente aura été cotée à la
Bourse, dans le mois environ qui aura suivi la
remise des rentes entre les mains de l'indem-
nisé, afin que l'Etat puisse couvrir celui-ci de
la différence existante entre le prix auquel
la rente lui a été passée en compte, et le
prix qu'il a pu en retirer dans la négociation,
à l'époque où le paiement aura été effec-
tué.

Ainsi, en calculant, en termes généraux, le

cours commun de la rente trois pour cent, à
soixante-cinq, il restera *dû par l'Etat* aux indemnisés sur le milliard qui leur est alloué par
la loi, trois cent cinquante millions de capital, qu'il faudra bien que celui-ci leur paie,
sous peine de se déclarer, par le simple fait de
ce refus de paiement, en état de banqueroute,
puisqu'il n'aurait pas payé ce qu'il a solennellement reconnu devoir; et de banqueroute
frauduleuse, si, ne payant pas, il était reconnu
qu'il a les moyens de payer.

Voilà donc à-peu-près, sur ce point seulement, trois cent cinquante millions à la charge
de l'Etat, par suite de la désastreuse combinaison financière de M. de Villèle.

M. le comte Roy, dans la Chambre des
pairs, et M. Saulot-Baguenault, dans la Chambre
des députés, avaient voulu prévenir en quelque sorte ce grave inconvénient en demandant
que l'on donnât du cinq pour cent, qui était
au pair, au lieu du trois pour cent qui, raison-
nablement, ne pouvait pas y parvenir. Mais ce
sage amendement renversait de fond en comble
le vaste système d'agiotage qu'à tout prix M. de
Villèle voulait fonder; et l'intérêt sacré de la
chose publique fut sacrifié à de vils intérêts
privés, contre lesquels s'éleva sans fruit l'importune voix de l'expérience, étouffée sous les

déceptions et les sophismes de l'impéritie et de
la mauvaise foi.

Un des plus fâcheux résultats de la combinaison financière adoptée par M. de Villèle a
été, comme nous l'avons déjà exprimé, de ren-
fermer tous les mouvemens de la politique
dans le cercle resserré de la bourse des fonds
publics. « Un des grands avantages, a dit un
» apologiste du trois pour cent (M. Laffitte),
» un des grands avantages de cette opération,
» est, sans contredit, d'imposer pour long-temps
» à la France la nécessité de rester dans l'état
» de paix. »

L'état de paix en soi est sans doute la chose
la plus désirable pour une nation, pourvu que
rien n'empêche au besoin de faire la guerre à
l'effet de défendre de toute insulte les intérêts
du pays et l'indépendance de son gouvernement : *Si vis pacem, para bellum.*

Mais *la nécessité* de l'état de paix, telle que
l'a établie l'opération Villèlienne, si malen-
contreusement défendue par M. Laffitte, est un
bien pour une nation, à-peu-près comme le
serait l'action d'un médecin qui, afin de mieux
assurer le repos de son malade, s'aviserait de
lui couper bras et jambes. Le malheureux ne
pourrait, à coup sûr, se fatiguer à courir ou à
faire des armes ; mais aussi lui serait-il impos-

sible de changer de place pour se garer du
danger, et de se défendre en cas d'attaque.
Voila cependant comme M. de Villèle a opéré
sur la malheureuse France. Aussi avons-nous
vu les besoins de la politique française, rigoureusement sacrifiés depuis quatre années aux
exigences d'une puissance rivale. La France
n'a pas fait la guerre, non parce qu'elle ne
devait pas la faire, mais parce que son administration s'était mise dans la nécessité de ne
pas la faire.

L'Angleterre a profité de cette position sin-
gulière de la France avec tant d'à-propos, pour
donner à la nouvelle politique dans laquelle
elle était entrée, tous les développemens dont
elle était susceptible, que ce ne serait sans
doute pas une grande injustice de l'accuser
d'avoir provoqué, par quelque moyen, cette
position qui s'est montrée si favorable à ses
desseins, et sans laquelle, probablement, elle se
serait bien gardée d'entreprendre ce qu'il lui a
été donné de poursuivre sans opposition, et
comme si elle était la maîtresse du monde.

On peut affirmer, sans crainte d'être sé-
rieusement démenti, que le banquier cosmo-
polite, en qui M. de Villèle a mis toute sa confiance, est dévoué à la commerçante Angleterre,
à l'exclusion de toutes les autres puissances,

et que, par les mêmes motifs de dévouement qui l'ont engagé dans les emprunts monarchiques d'Autriche et de Naples, sous le ministère de Castlereagh, il se trouve nécessairement lié, sous l'administration de M. Canning, au succès du nouveau républicanisme.

M. Canning ne pouvait pas se dissimuler que son système, si opposé à celui de son prédécesseur, devait soulever contre sa politique une coalition européenne ; mais il savait qu'aucune coalition, même partielle du continent européen, ne saurait se former contre l'Angleterre, si la France n'en est pas. Annihilons la France, a dit M. Canning, et je braverai le vain courroux de l'Europe. A cet effet, M. Rothschild a été chargé de faire l'éducation financière de M. de Villèle ; et l'opération du trois pour cent, venue à la suite de la négociation déjà onéreuse des vingt-trois millions de rentes, au profit de ce banquier et de sa *compagnie*, a servi à merveille les plans médités par M. Canning, qui, dès ce moment, a pu les développer sans crainte d'aucun dérangement sérieux.

L'opération hasardeuse du trois pour cent entamée, M. de Villèle, comme père putatif de cette triste combinaison de finances, et comme intéressé à la soutenir, s'est trouvé en effet à la discrétion de M. Canning, qui, pour lui imposer l'inaction et même les actes les plus révoltans et les plus anti-français, n'avait et n'a pas besoin de faire la guerre à la France, ce qui probablement eût été et serait encore assez embarrassant pour M. Canning, mais seulement de faire pressentir à M. de Villèle qu'il l'en menacerait. Supposons effectivement un article ministériel anglais dans un journal imprimé à Londres, et dans lequel quelque menace d'une rupture serait exprimée, surtout quelque allusion menaçante pour l'état de paix, glissée dans un discours de M. Canning ou de M. Huskinson, et voilà l'opération débile de M. de Villèle, tuée par une baisse rapide. Dans la crainte toujours présente de cette déconvenue, que de choses M. de Villèle n'a-t-il pas été engagé à faire pour prévenir la cause qui pouvait produire un tel résultat !

Le ministère anglais a compté avec tant d'assurance sur le vice de cette position de notre ministre dirigeant, pour assurer le sort de sa propre politique, qu'il lui est arrivé de ne pas pouvoir cacher l'expression de ses sentimens à ce sujet. Qui ne se rappelle les paroles remarquables du comte de Liverpool dans la Chambre des pairs d'Angleterre, au sujet des craintes manifestées par un membre sur la manière dont les puissances continentales considéreraient la

reconnaissance alors toute récente des répu-
bliques de l'Amérique du Sud? « Elles pour-
» ront n'en être pas contentes, dit le ministre,
» mais leur mécontentement s'exhalera en vai-
» nes plaintes. » En effet, l'Europe ne pouvait
agir efficacement contre la nouvelle politique
de l'Angleterre, sans le concours de la France;
et la France venait d'être enchaînée à la Bourse,
au profit et, selon toute apparence, d'après les
insinuations détournées du ministère anglais :
Is fecit scelus cui prodest.

M. de Villèle s'est mis dans la ridicule et
déplorable position d'avoir à trembler devant
une phrase, un mot, un geste d'un ministre
anglais, et d'avoir à obéir, à l'instant même,
et pour tout ce qui lui est ordonné, au moindre
commandement que le télégraphe lui transmet
d'outre-mer. C'est ce qui explique les honteux
mécomptes de notre politique extérieure, ra-
valée, par la faute de M. de Villèle, au-dessous
de la politique d'un État du dernier rang, et
qui, après avoir compromis la dignité de la
France pour le présent, menace dans l'avenir
son indépendance et sa sécurité comme nation.

Pour les concessions que, dans ce triste
état, M. de Villèle s'est vu contraint de faire
aux exigences impérieuses de l'Angleterre, le
ministre français a été entouré (et jusqu'à un

certain point cela devait être) de l'appui,
de l'assentiment, des félicitations bruyantes
de quelques hommes qui se donnent pour
les représentans de l'opinion des Français à
principes libéraux ; comme si les principes
vraiment libéraux pouvaient jamais avoir pour
conséquence le froissement de l'honneur et des
intérêts du pays. De tels sentimens, indignes
de tout ce qui porte un cœur français, et qui
ont pris naissance dans les préjugés d'opinions
qu'un ministre du Roi n'est point sans doute
appelé à faire prévaloir, bien loin d'être une
excuse pour les fautes de M. de Villèle, s'é-
lèvent au contraire pour en accroître la gra-
vité.

Comme ce n'est pas avec le fanatisme de
l'esprit de parti, mais bien avec l'enthousiasme
de l'amour de la patrie, que l'on apprécie dignement ce qui convient aux intérêts nationaux, qu'il nous soit permis, comme Français,
d'être d'un autre avis que les équivoques apologistes de M. de Villèle, en ce qui concerne
la politique toute anglaise, et point du tout
française, dont on lui fait l'honneur ou l'injustice de le croire l'auxiliaire par conviction,
lorsque de fait il ne la seconde que par nécessité, et comme forcé et contraint par la situation fâcheuse où il s'est imprudemment placé,

et dans laquelle sa persistance ne fait qu'aggraver sa criminalité.

En matière de politique extérieure, un Français ne doit être ni Anglais, ni Russe : il doit être Français. C'est comme Français, ayant en vue l'intérêt national et nullement les passions de tel ou tel parti, que nous allons développer cette partie intéressante et délicate de nos investigations.

L'intérêt bien entendu de la France était de rester l'alliée sincère de l'Espagne ; de la rendre aussi forte que possible par ses finances, son administration et ses lois ; de se l'attacher invariablement par des bienfaits de famille et de bon voisinage ; de ramener les colonies espagnoles sous l'influence de la métropole, autant pour la France elle-même que pour son alliée.

Mais les besoins cachés de M. de Villèle étant en opposition avec l'intérêt patent de la France, c'est-à-dire, M. de Villèle étant condamné à ménager l'Angleterre qui, depuis la mort de Castlereagh et l'avènement de M. Canning au ministère, avait changé sa politique, s'opposa d'abord à la guerre d'Espagne qui contrariait cette politique, et bientôt, forcé d'y consentir, employa les plus misérables efforts à la tourner contre les principes même qui en avaient déterminé la nécessité.

Ce n'est point ici le lieu de s'étendre sur ces misérables manœuvres qui amenèrent et qui suivirent les marchés de Bayonne, au moyen desquelles on essaya de délustrer l'éclat de nos armes retrempées au feu de l'honneur et de la fidélité, et de faire peser sur un petit-fils de Henri IV, sur l'héritier de la couronne, la responsabilité morale de ces marchés plus honteux peut-être qu'onéreux à la France, et qui durent leur naissance, ou tout au moins la protection scandaleuse du ministre dirigeant dont ils furent comme couverts, à la nécessité où se trouvait M. de Villèle de s'emparer, dans l'intérêt de la politique anglaise qu'il avait à servir, de la direction d'une guerre qui, sous l'influence honorable du ministre de la guerre d'alors, menaçait l'Angleterre de devenir fatale à sa politique, dans la même proportion qu'elle se serait montrée favorable aux intérêts de l'Espagne, aux vrais intérêts de la France. Nous reviendrons plus tard sur ce sujet important qui est loin d'être épuisé, et qui reste encore à juger, promettant de faire justice de ce charlatanisme tout récemment combiné dans le but de faire croire à une dissidence et même à une sorte d'inimitié entre M. de Villèle et M. Ouvrard, et par conséquent à l'entière innocence de ce pauvre M. de Villèle,

relativement aux marchés dont tous les faits ,
dont ses propres paroles le proclament le protecteur et le soutien.

Les possessions espagnoles d'outre-mer , sur
lesquelles l'Angleterre désirait d'abord établir
le monopole de son influence, furent plus particulièrement abandonnées. A cet égard, l'humi-
liation de la France , au moment où elle venait
de montrer combien elle pouvait être redoutable par ses richesses effectives et l'union de
ses enfans armés , fut telle, que M. Canning se
crut, et peut-être fut autorisé à se permettre
impunément de notifier au cabinet français
l'insolente défense de porter aucun secours à
cette portion du territoire de son allié, et d'un
roi du sang du Roi de France.

Mais cet abandon ne suffit bientôt plus à
M. Canning; il fallut que la politique de la
France, de négative qu'elle était, quant aux
intérêts les plus chers de son plus utile allié,
devint affirmative pour l'oppression de ces
mêmes intérêts. Il s'agissait pour l'Angleterre
que la France attaquât, par une démarche formelle et publique, des droits de souveraineté
appartenant à la puissance même chez qui elle
tient garnison à titre d'alliance et de secours
d'amitié. La condition était dure; mais il ne
fallut pas moins la remplir.

Afin d'arriver jusque-là, il fallait une transition. L'acte monstrueux de l'émancipation de
Saint - Domingue en tint lieu. Cette émancipation qui n'a pas produit, ainsi que l'expérience
l'a déjà démontré, et ne pourra jamais produire
même les faibles avantages réservés par le ministère français, et péniblement accordés par le
gouvernement affranchi, a, d'une part, créé
des droits réels d'indemnité fondés sur nos lois
et notamment sur la Charte, au profit des propriétaires dont les biens ont été cédés par le
gouvernement français à la république noire;
d'une autre part, elle a consacré sans compen-
sation la renonciation au droit de souveraineté
sur une importante colonie, et la reconnaissance solennelle d'une indépendance conquise
par la révolte, non du citoyen ou du sujet,
mais de l'esclave, ayant l'incendie et l'assas-
sinat pour auxiliaires, et pour conséquences
l'usurpation et le vol.

Après un tel acte qui attaque les principes
tutélaires de toute société politique, et qui
blesse à-la-fois la constitution sociale et les intérêts publics et privés de la France, on sent
fort bien que la reconnaissance des états espa-
gnols insurgés ne devenait plus qu'un jeu, et
que la transition était faite. Aussi, avons-nous
vu des consuls français, des espèces de chargés

d'affaires, se présenter, immédiatement, à la suite de l'Angleterre, dans ces vastes contrées où il nous eût été si facile, en restant fidèles à une alliance intime avec l'Espagne, de jouer un rôle politique moins subordonné et plus digne en tout de l'honneur de la France et des intérêts de son commerce.

L'influence française et les besoins naturels de sa politique ont dû partout céder le pas à l'influence de l'Angleterre, et s'incliner devant les exigences de la politique de M. Canning.

Un diplomate habile se trouvait chargé des intérêts de la France en Portugal, dans quel-. ques momens difficiles des dernières années du roi Jean. Maître de l'esprit de ce monarque par une influence loyalement acquise et dignement soutenue, M. Hyde de Neuville, le Comte de Bemposta, s'était mis en état de donner à la politique de ce pays l'impulsion la plus utile au pays même et la plus favorable aux intérêts de la France. C'était un péril pour la politique de M. Canning; ce fut, par conséquent, une nécessité pour M. de Villèle, enchaîné qu'il est dans les liens du trois pour cent, de mettre un terme à des succès dont notre politique devait retirer de si grands avantages. M. Hyde de Neuville fut rappelé, puni par une disgrâce de la peur qu'il avait faite au cabinet de Saint-

James; et l'ambassade française resta long-
temps vacante à Lisbonne, comme une sorte
d'excuse du triomphe que la politique de la
France avait momentanément obtenu dans le
Portugal, et afin qu'il fût bien constaté que
M. de Villèle *abandonnait* ce pays au vasse-
lage de l'Angleterre, qui depuis effectivement
n'a pas cessé d'y être exclusivement toute-puis-
sante.

Ce n'est pas essentiellement pour s'emparer
du monopole des relations commerciales avec
le Nouveau-Monde, dans lesquelles elle a
éprouvé des échecs si désastreux pour sa prospérité mercantile et industrielle, que l'Angleterre s'est livrée à tous ces mouvemens d'émancipation des peuples qui ne sont pas sous sa
domination directe; c'est bien plutôt pour agir
spécialement sur l'Europe et dans un but plus
important, que toute cette politique aventu-
reuse a été mise en jeu.

La réputation de prévoyance et d'habileté,
si justement acquise à la diplomatie anglaise,
serait en effet de beaucoup en défaut, s'il fallait ne voir dans ses mouvemens gigantes-
ques depuis quatre années, que le but mesquin
d'obtenir quelques avantages commerciaux,
peu dignes, par leur faible importance, de
tant et de si dangereux efforts, et qu'indépen-

dammcnt de tous ces mouvemens extraordi-
naires, il lui était possible d'obtenir, jusqu'à
un certain point, par le simple jeu d'une politique ordinaire, exempte des inconvéniens et
des périls dans lesquels l'autre politique l'entraîne. Il faut donc penser que pour se hasarder
à travers ces inconvéniens et ces périls, l'Angleterre a d'autres motifs autrement importans
que ceux qu'on lui suppose; et que le but auquel elle aspire, est d'une nature beaucoup plus
sérieuse que celui qu'elle veut bien avouer.

Ce but, il faut bien le dire, c'est l'abaissement de la France, de cette France que l'Angleterre redouta même quand elle fut un instant
abattue, et contre laquelle elle arma toutes les
ruses de sa diplomatie, toutes les forces de son
influence, toutes les fois qu'elle lui parut s'a-
cheminer vers la hauteur naturelle de ses des-
tinées.

L'Angleterre a vu la France, à peine sortie
des plus violentes commotions et de l'invasion
la plus onéreuse, se lever brillante de richesses
réelles et d'un crédit plus solidement assis que
le sien. Elle comptait sur la désunion des esprits
à l'occasion d'une guerre où les doctrines de la
révolution lui semblaient pouvoir être mises en
jeu contre les principes des monarchies; et cependant elle a vu que les Français, se réconci-

liant volontiers sur un champ de bataille, pouvaient encore être aussi forts par les armes
qu'ils étaient puissans par la prospérité de la
fortune publique.

Cette dernière circonstance ne fit qu'accé-
lérer les mesures de précaution que la politique
anglaise avait jugé devoir prendre contre les
conséquences naturelles de l'accroissement si
rapide de la fortune française. Dès-lors il fut
résolu dans le cabinet de nos rivaux, qu'à tout
prix, et quelque dangereux que pussent être
pour eux-mêmes les moyens à mettre en œuvre, des entraves seraient créées pour être
opposées à cette prépondérance politique
que la France menaçait d'atteindre, et dont
le danger pour l'Angleterre serait le pire de
tous, puisqu'elle devrait avoir pour résultat
de la faire descendre de cette hauteur dispro-
portionnée où l'ont élevée son ambition et l'in-
curie des autres cabinets, la réduisant à une
consistance plus modeste et mieux proportion-
née à la valeur intrinsèque du pays.

L'Angleterre, sans doute, n'avait rien à
craindre de l'administration actuelle; elle savait que tous les élémens de grandeur nationale qui étaient entre ses mains, s'y converti-
raient en misérables moyens d'agrandissement
personnel, et que les grandes dimensions de

l'intérêt public seraient constamment rapetis-
sées par cette administration ignorante, non
moins qu'égoïste, au niveau des plus mesquines
combinaisons de l'intérêt privé.

Mais il ne fallait, dans l'avenir, qu'un seul
homme éclairé, patriote et ferme, à la tête des
affaires, pour élever la France à son rang légitime de médiatrice de l'Europe et du monde,
et rabaisser, par conséquent, l'Angleterre à un
degré d'influence politique moins gigantesque
et plus en rapport avec ses moyens réels. Le
cabinet anglais prit donc la résolution prévoyante de se servir de la faiblesse de notre
administration actuelle, afin de se mettre en
garde contre les dangers qui pouvaient résul-
ter pour elle de la force probable d'une administration future.

C'est ainsi que le crédit de la France fut
d'abord tourmenté et jusqu'à un certain point
ébranlé, et les sources de sa prospérité inté-
rieure détournées de leur cours, par la funeste opération du trois pour cent. A la faveur
de cette opération désastreuse, l'Angleterre,
comme on l'a vu, tenant la France en laisse à
la suite de sa politique, s'est trouvée en mesure
de rendre cette malheureuse France complice
de tous les attentats insolemment portés à sa
grandeur et à sa sûreté comme nation.

L'oppression de l'Espagne et l'abandon du
Portugal , commandés par l'Angleterre à la
France, n'ont en effet dans la pensée de l'Angleterre, et c'est ici le but notable que se pro-
pose sa politique, d'autre résultat en vue que
la révolution de l'Espagne par le Portugal,
afin , s'il est possible, d'obtenir par ce mouvement révolutionnaire, l'expulsion du trône
d'Espagne de la famille des Bourbons, et l'ag-
glomération de toute la Péninsule occidentale
sous le sceptre d'un vassal de l'Angleterre, de
Don Pedro du Brésil, par exemple, dont,
par parenthèse, une rumeur publique a déjà
vaguement annoncé l'arrivée en Europe. De
telle sorte que la France, dont la force de défense se composait en partie de la sécurité
qu'elle puisait dans l'amitié naturelle de l'Espagne, sécurité qui naissait pour elle de la position où l'Espagne se trouvait à son égard,
à raison de la parenté qui unit les rois de
l'un et de l'autre Etat, et d'une foule d'autres
circonstances, se verrait, à la suite de cette
révolution, laborieusement préparée par le cabinet anglais et à laquelle le ministère français prête si officieusement les mains, exposée,
en cas d'invasion, à être attaquée de ce côté
par une force ennemie. Si l'on en croit des
bruits officieusement répandus par des bou-

ches ministérielles, sans doute afin de prépa-
rer l'opinion à quelque monstrueux résultat,
le voyage de M. Canning à Paris aurait produit un traité secret d'alliance, au moyen duquel M. de Villèle se serait engagé à prêter
toute assistance au cabinet anglais, et même,
au besoin, celle d'un certain nombre de nos
soldats mis à sa solde, avec la pleine faculté
de diriger les affaires de la Péninsule dans le
sens qui lui serait le plus convenable. A l'appui de tous ces bruits qui finiront par accou-
cher de quelque fait plus ou moins fatal à la
France, les journaux anglais nous ont appris,
dans le temps, que leur gouvernement allait
ouvrir un emprunt de 5o millions de livres
sterlings (1,25o millions de francs).

Mais il ne suffit pas à l'Angleterre de prépa-
rer à la France des obstacles capables de l'in-
quiéter sur ses derrières; elle s'arrange aussi
pour qu'elle puisse être attaquée sur ses flancs.

Une constitution des cortès, que, cette fois,
on aura le soin de traduire d'avance de l'es-
pagnol en italien, réglera les destins de la
branche des Bourbons de Naples, lorsque l'Autriche qui déjà vient de donner un gage à la
politique de M. Canning, aura cédé aux im-
portunités du cabinet anglais, en retirant ses
troupes de ce royaume. De-là aux Etats de la

maison de Savoie, où les germes de sédition fermentent, il n'y a pas loin.

Ainsi, la France entourée de forces ennemies et dévouées à l'influence de l'Angleterre, sera comme une place démantelée, investie de toutes parts, et se trouvera dans une position d'autant plus précaire, que le nouveau système des guerres par masses d'hommes, a rendu les invasions plus dangereuses. Que l'on se représente la France en butte à des attaques dirigées à-la-fois par les Pyrénées, par la frontière d'Italie, par l'Allemagne et par les Pays-Bas; et que l'on juge si la politique de l'Angleterre, dont tous les desseins tendent à obtenir cet immense résultat, est faite pour justifier l'approbation de Français dignes de ce nom, et le concours d'un ministère qui, par une première faute dont il eût mieux valu se décider tout-à-coup à subir la honte, s'est mis dans la dure position de trahir tous ses devoirs en sacrifiant les intérêts les plus chers et les plus sacrés du pays.

Là pourtant ne s'arrête pas le débordement des calamités que cette première faute capitale a précipitées sur la France.

Nous venons de signaler les lâchetés onéreuses pour le présent, effrayantes pour notre avenir, auxquelles notre déplorable ministère

s'est vu condamné par le vice d'une politique
habilement renfermée sous l'inspiration de
l'Angleterre dans le cercle resserré de la Bourse
des fonds publics. Nous avons vu la morale
publique outragée, les lois violées, toutes les
forces du Trésor, de l'amortissement et du
crédit, épuisées en quelque sorte à l'entretien
de ce malheureux trois pour cent; des fonc-
tionnaires de finance détournés des devoirs de
leur place, arrachés du fond de leurs provinces
et transformés à Paris, toutefois sous la garantie du Trésor royal, en pères nourriciers de
l'avorton de M. de Villèle. Il nous reste maintenant à suivre dans son influence sur l'état
intérieur de la France, cette opération si fé-
conde en désastres.

Jusqu'ici on avait considéré les receveurs-
généraux comme les grands banquiers des départemens, instrumens nécessaires pour main-
tenir, dans le commerce, dans l'industrie, et
même un peu dans l'agriculture des localités,
une utile circulation d'argent. En les appelant
à la Bourse, en y attirant avec eux ce qui
servait à alimenter nos champs, nos manufac-
tures et nos comptoirs, on a desséché les ma-
melles nourricières de l'État, privées, dans l'intérêt d'une opération factice et restreinte dans
un cadre étroit, de l'élément qui les vivifiait.

Les départemens ont été privés de ce qui faisait leur vie et leur force : mais Paris n'en a point profité; il y a même perdu, puisque de son côté il s'est vu dépouiller d'une grande partie de son mouvement de circulation, concentré et devenu stationnaire à la Bourse, avec l'emploi d'y faire vivoter le trois pour cent.

De-là vient cet état de langueur qui, dans la capitale comme en province, accable toutes les branches de la prospérité publique. De-là vient cette détresse qui pèse sur toutes les classes des citoyens.

L'on se demande pourquoi, surtout dans Paris, tant de vols et tant d'assassinats complices de ces vols; pourquoi, à peine la nuit a-t-elle enveloppé de ses ombres la vaste enceinte de la capitale, le citadin est pillé, massacré dans des lieux non loin desquels circule une nombreuse population; et l'on ne veut pas voir que ces crimes effrayans par leur nombre, sont le fruit de la détresse générale produite par les suites de ce malheureux trois pour cent, qui, enlevant à la circulation ses plus notables ressources, fait que, tandis que les classes intermédiaires sont dans la gêne, les classes inférieures manquent de pain. C'est l'irrésistible entraînement de la faim qui arme une partie de la population contre l'autre, et semble nous

menacer du sort de cette magnifique capitale
de l'Angleterre, où, il y a peu de temps, on
a vu des ouvriers sans travail, misérables îlo-
tes de la vapeur, se former et camper par corps
de cinq ou six cents hommes, dont les détla-
chemens envoyés dans les rues adjacentes du
camp pour faire rançonner les paisibles bouti-
quiers, n'ont renoncé à leurs audacieuses en-
treprises, qu'en présence d'un corps de cava-
lerie extraordinairement envoyé pour les mettre
à la raison.

Les choses chez nous en sont venues à ce
point, qu'un secrétaire de police, à qui un
citoyen volé faisait sa déclaration, répondit
assez naïvement à ce brave homme, que depuis
une certaine époque, il faudrait, pour empê-
cher les vols nocturnes, un agent de police à
chaque porte ; et qu'au surplus, le meilleur
moyen de ne pas être volé dans la rue, était de
rester chez soi.

Vos mesures de police, de cette police si
tracassière pour les citoyens, si impuissante
quand il lui faut remplir son devoir le plus essentiel, qui est de les défendre et de les protéger, seront, en effet, sans force contre une
telle calamité. Car la police, même quand elle
est habile, même quand elle a surtout le sentiment de sa destination, peut bien garantir des

effets du vice, mais que peut-elle contre les effets du désespoir ?

Pauvre police, qui, pour des calamités dont M. de Villèle est seul coupable, puisque seul il les a produites, se voit accusée d'un tort qui n'est pas le sien, et obligée à une responsabilité qui ne lui appartient pas, à l'instar de ces pauvres ministres, assesseurs du ministre souverain, si dociles à lui prêter le secours de leur responsabilité personnelle, MM. Peyronnet et Corbière contre la liberté de la presse, M. de Clermont-Tonnerre pour quelques misérables économies, M. de Chabrol pour des émancipations, M. de Doudeauville pour autre chose ! Mais du moins, M. le préfet de police, plus heureux que leurs excellences, peut-il se faire à lui-même un digne holocauste dans la personne de M. de Vidocq, hier encore la providence de la sûreté de Paris, aujourd'hui bouc émissaire chargé des iniquités de M. de Villèle et de la responsabilité mise au compte de M. Delavau.

Tous ces ricochets de responsabilité, qui vont de M. de Villèle à M. Delavau et de celui-ci à Vidocq, s'appliquent, tant bien que mal, à la capitale. Mais on n'a rien imaginé encore pour expliquer, de quelque façon excusable pour M. de Villèle, les vols et les assassinats qui se commettent dans le reste de la France, aussi

nombreux relativement aux diverses localités,
et non moins effrayans qu'à Paris. Abandonnez
tout ce misérable système de déception qui ne
change rien à la réalité des choses, et convenez
que la véritable cause, la cause flagrante de
tous ces désordres, est la misère publique, laquelle, elle-même, est le fruit de vos impré-
voyantes et coupables combinaisons.

A-t-on fait du moins quelque chose, dans
le moral de la société, pour adoucir les maux
trop réels dont tant de fautes l'ont accablée?
Cette religion sainte, la joie du juste, la consolation de l'affligé, a-t-elle, par les soins de nos
conducteurs politiques, acquis assez d'ascendant sur les esprits, assez d'influence sur les
cœurs, pour en modérer l'irritation au moment
des épreuves, pour en tempérer l'amertume au
temps de l'affliction?

Non; la religion elle-même s'est comme
perdue dans le vaste naufrage des richesses
morales et matérielles de la France. Devant un
siècle malheureusement frappé du vice d'indifférence en matière religieuse, des charla-
tans politiques, des ambitieux pour de l'argent,
sont venus publiquement faire de ce qu'il y a
de plus saint et de plus sacré, métier et mar-
chandise; ils ont constitué la religion en système d'intérêt personnel, et nos ministres n'ont

que trop secondé ce mouvement pervers en
faisant de ce monstrueux système une sorte de
doctrine d'Etat.

Et que l'on ne pense pas que nous voulions
introduire ici une dissertation inutile sur les
jésuites et les ultramontains : questions tout-à-
fait étrangères à la position réelle de la France,
plus politique que religieuse, et pour laquelle,
par conséquent, le mal ne saurait venir que du
côté de la politique; opinions personnelles qui
peuvent être débattues comme toute opinion,
mais qui, en réalité, ne sauraient, dans l'état
des choses, exercer aucune espèce d'influence
sur la situation de notre pays.

Un célèbre partisan de la puissance féodale,
rêvant toujours le rétablissement possible de
sa chimère, a cru voir dans ses songes politiques un rival redoutable de l'ancienne autorité
de la noblesse (que, par parenthèse, il serait
assez difficile de relever) dans le clergé qu'il
s'obstine à considérer comme un *ordre*, et qu'il
n'aime pas comme tel, par la seule raison qu'il
le regarde comme un ancien usurpateur de la
puissance féodale des nobles, en mesure, aujourd'hui comme par le passé, de venir par-
tager et même dominer cette puissance. M. de
Montlosier, qui touche par l'imagination à la
renaissance du pouvoir féodal, l'exige tout en-

tier pour la noblesse ; et voilà pourquoi, politiquement parlant, il en veut tant à ce qu'il lui a plu d'appeler le *parti-prêtre !*

Pour nous qui, aujourd'hui, ne redoutons pas plus les évêques de Louis-le-Débonnaire, qu'une guerre du bien public des seigneurs contre la couronne, nous nous permettrons de passer outre sur toutes ces craintes si fort exagérées, d'un autre côté, par des hommes que nous n'avions pas jugés grands partisans de la féodalité, et qui, cependant, se sont faits tout-à-coup les apologistes outrés de son champion. Nous porterons en conséquence toutes nos investigations sur le terrain de la politique, où nous trouverons à défendre les vrais intérêts de notre pays, nous eloignant, avec raison, du terrain des querelles religieuses, sur lequel les passions seules trouvent quelque aliment et le ministère un secours qui lui sert à dissimuler ses propres fautes.

La maxime des ministres médiocres fut toujours de diviser pour dominer : c'est celle du ministère actuel; c'est la maxime de M. de Villèle.

Depuis l'union des partis indépendans de la précédente Chambre des députés, ralliés autour du trône et de la liberté, du Roi et de la Charte, par l'immortelle adresse de l'honorable

M. Delalot, il était devenu impossible aux ministres successeurs du ministère que cette
adresse avait fait tomber, de diviser les esprits
par la politique : M. de Villèle s'avisa, en conséquence, de les diviser par la religion.

Il y avait certes des jésuites et des ultramontains en France, avant le ministère de M. de
Villèle. Mais M. de Villèle est le premier qui
ait éprouvé le besoin et conçu l'idée de se servir, dans l'intérêt de son esprit de domination
personnelle, des querelles que pouvaient faire
naître les questions du jésuitisme et de l'ultra-
montanisme. C'est donc pour le compte de
M. de Villèle, nonobstant l'intérêt que certains
assaillans y trouvent au profit de leur parti,
que l'on attaque les jésuites et les ultramontains, impuissans à mal faire, en admettant
qu'ils en aient la volonté, lorsqu'on laisse a-
peu-près tranquille, du moins en ce qui touche
les points les plus essentiels, M. de Villèle, qui
a tout pouvoir de faire le mal auquel l'obligent
et son insuffisance naturelle et la position difficile où l'a placé cette insuffisance.

Si nous avions besoin de quelque preuve
frappante pour démontrer que M. de Villèle
n'a imaginé toutes ces querelles que comme
des instrumens de sa politique, nous la trou-
verions dans le bruit récemment répandu de

6..

l'abandon que lui et ses amis feraient tout-à-
coup des jésuites, jusqu'ici tant prônés par la
Congrégation ministérielle, et, comme on voit,
destinés à être brisés au gré de ses besoins. On
provoquera ou on ordonnera, peut-être, une
réprobation législative ou administrative des
jésuites; il n'y aura plus de jésuites en France;
la superficie de l'opinion, singulièrement irritée
depuis quelque temps à ce sujet, sera satis-
faite sur ce point: mais en serons-nous plus
avancés, si M. de Villèle et son système nous
restent?

Ce n'est en conséquence ni l'ultramonta-
nisme, ni le jésuitisme, dont on a, ce nous
semble, à s'occuper; mais bien de cette hypocrisie criminelle dont l'impulsion imprimée à
l'administration villélienne a fait une condition
sine qua non pour obtenir les places, l'argent
et les honneurs: masque trompeur, dont tout
homme qui veut parvenir est obligé de couvrir
ses actions, comme dans un autre temps il les
aurait couvertes de celui de l'impiété.

Ce qu'on appelle la Congrégation est, dans
sa partie mondaine et politique, une association
des médiocrités du cœur et de l'esprit, dont
les membres, par une condition scrupuleuse-
ment observée, quoique tacite à certains égards,
se garantissent mutuellement le monopole de

tout ce qui peut servir aux intérêts de leur ambition et de leur fortune.

Ces sortes d'associations de toutes les médiocrités deviennent d'autant plus redoutables, que les hommes placés en tête des affaires publiques, croient devoir plus particulièrement s'en faire une ressource contre les gens de cœur et d'esprit, dont l'intervention contrarierait leur insuffisance personnelle et la susceptibilité de leur égoïste ambition. C'est ce qui est arrivé aux temps affreux de la terreur, alors que les chefs de l'Etat démagogique, redoutant le talent et tous les sentimens généreux comme des ennemis naturels, donnèrent une puissance exclusive à tout ce qu'il y avait de plus vil et de plus sot parmi les misérables de cette cruelle et dégoûtante époque. C'est ce qui arrive aujourd'hui où M. de Villèle ayant en horreur tout ce qui s'élève au-dessus de son terre à terre personnel, s'est fait le persécuteur de tout ce qui est généreux et éclairé, et le protecteur bienveillant de ces nullités officieuses dont l'éclat ne saurait nuire au sien, et qu'il peut dominer facilement avec une âme qui n'est pas très forte et des lumières peu étendues. C'est ce qui explique pourquoi l'on a une sorte d'horreur pour le dévouement et la capacité, et l'affection la plus tendre pour tout

ce qui leur est contraire. On est bien venu de
M. de Villèle, pourvu qu'en fait de services
rendus et de moyens d'en rendre, on ne s'élève
pas au-dessus de sa portée, surtout si l'on est
au-dessous; et d'aucune façon, la portée de
M. de Villèle n'est pas très haute.

« L'hypocrisie, a-t-on dit, est un hommage
» que le vice rend à la vertu. » L'hypocrisie
est bien plutôt, dans le for intérieur, un hommage que le vicieux rend aux passions honteuses pour lesquelles il se fait hypocrite, et,
dans la pratique, une caricature sacrilége de
la vertu. Singulier hommage à la vertu que
d'en prendre les traits pour la rendre odieuse
et risible aux yeux du monde, de telle sorte
que, surtout dans ce temps d'indifférence en
matière de religion, la vertu n'est que trop
souvent condamnée, par analogie avec les sentimens peu favorables que sa caricature ins-
pire! Nous ne sommes plus au siècle religieux
et profondément éclairé de Louis XIV, où la
religion était si forte et si vénérée, que les
traits dirigés contre l'hypocrisie ne pouvaient
aller jusqu'à la vertu ; c'est même ce qui explique la protection accordée à *Tartufe* par le
grand roi, et l'abus, qu'à certains égards, on
fait aujourd'hui de ce chef-d'œuvre de Mo-
lière.

A l'aspect de tout ce qui se passe sous nos
yeux, on ne saurait se dissimuler que depuis
que l'hypocrisie a été de mode, la religion a
beaucoup perdu de son influence : ceci est un
fait constaté par les hommes mêmes qui,
consciencieusement, ou par esprit de métier,
se faisant les apologistes d'une religion encore
plus persuasive par les exemples, qu'instruc-
tive par les préceptes, sont forcés de déclarer,
que, depuis ces dernières années, l'esprit religieux a subi plus particulièrement de notables
dégradations.

Que dire d'un ministère qui, en favorisant
l'hypocrisie, contribue chaque jour à la perte
de cette religion qu'un Dieu lui-même révéla
au monde pour être l'image la plus parfaite et
la base la plus inébranlable de la civilisation ;
qui, à la place de cette philosophie, laquelle
n'était que l'étude de la sagesse, donna aux
hommes la sagesse même pour être tout ensemble et leur guide le plus sûr dans leur conduite
privée, et la seule règle invariable de la politique des Etats ? Que dire d'un ministère qui,
en provoquant un tel résultat, ôte à la société
politique, ce qui fait sa force et la garantie de
sa conservation et de sa prospérité ? Qu'il sa-
crifie aux intérêts de sa conservation et de sa
prospérité personnelle tout ce qu'il y a de plus

saint et de plus sacré dans ses devoirs; et qu'un
tel ministère, dont les actes inconsidérés et cri-
minels s'attaquent même aux sources fécondes
de la civilisation, pour les empoisonner, ne
périra pas seul, s'il périt trop tard.

M. de Villèle a proscrit tout ce qui offrait
quelque teinte de talent et de grandeur d'âme;
il a enrégimenté à son service tout ce qui,
généralement parlant, lui a paru assez médio-
cre pour ne lui donner aucun ombrage, et
pour se prêter complaisamment à l'exécution
et à l'apologie servile de toutes les inconsé-
quences et de toutes les contradictions de sa
politique.

Mais indépendamment de ce que ses résultats ont de funeste en matière de gouvernement ou d'administration, il arrive encore que
la sottise se fait payer plus cher que le talent.
Un homme de cœur revient toujours à meilleur
compte qu'un lâche égoïste. Il faut pour ce dernier de l'argent, comme à l'homme d'honneur et
à l'homme éclairé; mais de plus qu'à celui-ci,
qui pour bien des choses se suffit à lui-même,
il lui en faut encore pour se donner de la considération, qu'il ne peut avoir que par-là, et
pour s'amasser de quoi se dédommager dans
l'avenir de la perte probable de sa position actuelle, que son peu de mérite lui fait craindre

de perdre à tout instant. Plus il est géné dans
un état de pouvoir qu'il sent bien n'être pas
fait pour lui, plus il cherche à se mettre à son
aise par l'éclat que donne la fortune, le seul
auquel il puisse prétendre; plus il a peur de
perdre son pouvoir emprunté et les bénéfices
que ce pouvoir lui donne, plus il est pressé de
mettre à profit le moment présent pour s'enri-
chir. Si nous payons deux cents millions d'impôts de plus qu'en 1806 et 1808, avec un territoire diminué de plus d'un tiers, ce qui fait
que, toutes proportions gardées, notre budget
actuel est presque doublement plus onéreux
que celui de l'Empire, nous avons du moins la
consolation de savoir pourquoi, et de ne point
ignorer où passent ces sommes énormes, qui
seraient peut-être mieux et plus convenablement employées à vivifier l'agriculture, le commerce et l'industrie.

Ainsi, nous savons que l'on a vu, depuis environ quatre années, des hommes qui n'a-
vaient rien que beaucoup de souplesse, et
surtout beaucoup d'ignorance, devenir tout-
à-coup riches à centaines de mille francs et
même à millions, aux yeux de tout Paris ébahi
de ces merveilles.

La congrégation ministérielle est une pépi-
nière toujours abondante, mais nécessairement

coûteuse, de médiocrités à l'usage de M. de Villèle.

Monsieur un tel avait bien servi les précédens ministères, celui de M. Decazes, par exemple ; mais on ne lui avait pas trouvé le talent et la consistance nécessaires pour l'élever même à des emplois mitoyens. Ce qui avait paru un obstacle sous M. Decazes, est devenu sous M. de Villèle une facilité. Des emplois inférieurs où il était confiné (non qu'on ne lui reconnût du zèle à toute main, mais parce qu'on aurait jugé son élévation ridicule) ; le précieux candidat a été rapidement jeté dans les emplois supérieurs, où on lui a donné les moyens de se former un capital productif de cinquante mille livres de rente. Notre homme a terres, châteaux, maisons en ville et bons contrats ; il n'avait pas le sou ! Quels services a-t-il rendus et pourrait-il rendre à l'État ? Aucun ; mais, en revanche, il sert à sa façon, il vante, il prône, il élève aux nues M de Villèle, jusqu'à ce que M. de Villèle en vienne au moment où les ministres de sa trempe ne sont plus loués de personne.

Monsieur tel autre est encore bien jeune ; mais il est bien intéressant ; il débute dans le monde ; il n'éclipsera personne ; il faut lui aplanir le chemin. Il y a une place vacante, solli-

citée par des gens pour qui elle serait une récom-
pense, peut-être une indemnité; on vient la lui
offrir. S'il n'y en a pas, on lui en fait une. On
lui arrange une position; et la congrégation des
médiocrités compte une notabilité de plus, in-
téressée à soutenir ses associées, pour en être
soutenue à son tour.

C'est dans ce monopole dégoûtant que s'en-
gloutit toute l'administration du royaume. Le
despotisme ministériel voulait des séides; il les
a trouvés. Pour eux le respect des lois n'est
rien; l'intérêt commun de la congrégation ministérielle est tout. Mais, habiles à défendre
leurs places par tous les moyens; serviteurs des
ministres et non serviteurs de l'État, ou, pour
mieux dire, serviteurs de leurs intérêts; prompts
à tout sacrifier au pouvoir qui les a faits ce
qu'ils sont, et ce pouvoir lui-même à leur propre ambition, quelle volonté, et en supposant
la volonté, quelle force ont-ils pour contenir
le mouvement des esprits soulevés contre leurs
œuvres? Aux jours de l'orage qu'ils amoncel-
lent sur la patrie, viendront-ils le conjurer avec
les petits moyens qui servent aujourd'hui à élever l'édifice scandaleux de leur ruineuse fortune?

Le triomphe systématique de tout ce qui est
petit, égoïste, hypocrite, importune une na-

tion généreuse, bien moins peut-être par les
résultats onéreux qu'il traîne à sa suite, que par
ce qu'il blesse tout ce qu'il y a de susceptible
dans les convenances publiques. Entre deux
tyrannies, un peuple repoussera moins celle
qui aura le plus d'éclat ; le despotisme de la
sottise et de la lâcheté lui sera insupportable :
tel est celui que la congrégation ministérielle
fait peser sur la France, entre toutes les nations celle qui a le sens le plus délicat.

Il y avait sans doute beaucoup à faire pour
la religion ; on a tout fait contre elle. L'esprit
du siècle voulait qu'on arrivât à la religion
par la politique ; on a tout au contraire essayé
d'arriver à la politique par la religion. On a
fait une loi sur le sacrilége, qui n'appartient
ni au ciel par ses principes, ni à la terre par
ses moyens d'exécution, en ce qu'elle est à-la-
fois peu en harmonie, et avec l'esprit de l'é-
vangile qui abhorre le sang, et avec ce
qui est dû à Dieu, que la loi, dans la ridicule
présomption de le venger, n'aurait point placé
sous la sauvegarde de peines assez fortes pour
être en rapport avec la majesté divine.

Mais ce n'était ni Dieu qu'on voulait venger,
ni la religion qu'on voulait faire respecter aux
yeux du monde ; c'était un gage donné à cette
faction ambitieuse, qui, sous le masque de la

religion qu'elle outrage par ses indignes manœuvres, et au nom de ce Dieu qu'elle blas-
phème par ses actions, marche à la conquête
de toutes les branches du pouvoir pour l'exercer
tout entier au gré de ses caprices.

« Autrefois, » a dit une femme de sens et
d'esprit, « on servait Dieu ; aujourd'hui on se
» sert de Dieu. » Les hommes qui se servent
aujourd'hui de Dieu, pour s'arroger le monopole du pouvoir et des richesses, et soumettre
la nation généreuse de France à une sorte d'état
d'ilotisme, ces hommes d'autant plus exécrables
qu'ils se servent d'un manteau plus sacré pour
couvrir leurs iniquités et leurs usurpations, se
seraient couverts du *bonnet rouge* (quelques-
uns même s'en sont couverts), au temps où le
bonnet rouge tenait lieu de signe de ralliement
entre toutes les médiocrités d'esprit et de cœur,
contre les générosités et les talens de cette époque désastreuse. La congrégation ministérielle
de 1826 eût été en 1793 le club des jacobins.

Les Français ne veulent pas plus d'un club
que de l'autre. Ils s'irritent à la vue d'un
triomphe qui est une injustice et un danger
tout ensemble, puisqu'en repoussant tout ce
qui est éclairé et généreux, son résultat est de
n'admettre à la conduite des affaires que l'é-
goïsme et l'impéritie.

La détresse qui pèse sur toutes les classes
des citoyens; le peu de dignité de la France
dans ses relations au dehors; la conscience
des malheurs du présent; la crainte générale
de plus grandes calamités dans l'avenir; le
manque total de confiance dans ceux qui ayant
produit un si pitoyable état de choses, semblent
chaque jour s'attacher à le rendre pire; tout
ce qui fait la force des états détérioré; le crédit
public attaqué dans son essence, qui est la confiance libre de ceux qui ont l'argent; l'armée
mécontentée, et ce fait constaté par une déclaration formelle à la tribune; les hommes
qui ont rendu des services à l'État livrés à l'a-
bandon et presque au mépris de la valetaille
du pouvoir; un Dupeyrat, le Bayard de nos
jours, le brave de la Vendée, le sublime né-
gociateur de La Jaunaye, par qui François Iᵉʳ.
se fût fait armer chevalier, dont Henri IV eût
fait son ami, mourant à l'hôpital, à côté peut-
être de ces demeures somptueuses, habitées
par ces êtres insignifians et souples que l'on
gorge d'or, d'honneurs et de puissance; cet
autre promis aux flétrissures de la justice,
admis au partage de la fortune publique et des
signes de l'honneur, pour s'être fait le valet
d'un sot en crédit; les mystères du boudoir
unis au scandale de l'hypocrisie; des hommes,

dont la trop haute fortune est née d'une faiblesse qu'un nouveau règne semblait devoir
faire oublier, maintenus dans un pouvoir et
des dignités qui sont une honte devant l'opinion étonnée ; les fonds de cette liste civile
ouverte par le cœur du Roi à tous les dévoue-
mens généreux, à tous les arts utiles, prodi-
gués par l'ignorance et la fatuité à des baladins,
surtout à des bayadères et à des croqueuses de
notes ; l'administration du royaume sans considération et sans influence, en ce que le ca-
price individuel qui la domine la jette dans des
contradictions et dans des actes arbitraires sans
fin ; la législature elle-même viciée dans son essence, entraînée dans une mesure dont elle a
d'abord aperçu, mais dont elle n'a pas bien vu
toute la portée, bientôt compromise dans d'autres mesures plus dangereuses encore ; la fortune
publique livrée au scandale des plus honteuses
dilapidations ; la misère dans la masse ; la corruption ailleurs ; la morale outragée ; l'usurpation assise jusque dans le sanctuaire des lois et
près du trône royal : telles sont les causes trop
puissantes de l'effrayante dégradation qui se
fait sentir dans l'esprit public en France.

La France en est venue à ce point, où une
nation mécontente et fatiguée, se laisse aller
à cet état d'indifférence, qui ne renverse

pas les gouvernemens, mais qui les laisse
tomber.

La voix de la flatterie n'oserait plus même
contester cette triste vérité. Ces signes de mécontentement public, de fatigue presque générale, et quelquefois même d'irritation, sont
tellement patens, qu'on essayerait vainement
de les dissimuler ; ils sont là pressans et ter-
ribles, pour vous avertir de la catastrophe et
vous exhorter à la prévenir. Ne les avons-nous
pas vu apparaître, même sous la forme d'une
ironie menaçante, le jour sacré de la fête de ce
Roi que naguère la France, la France entière,
enthousiaste au nom de la liberté qu'il venait
de lui rendre, avait salué, par les acclamations
les plus touchantes et les plus unanimes, du
nom de Charles *le Bien-Aimé*. Eh bien, ce Roi,
si aimable et si bon, s'est vu condamné, par
vos œuvres anti-nationales, à redouter, au
jour des félicitations annuelles, à côté du silence de la masse, l'improbation plus marquée
de quelques-uns..... Ministres du Roi, rappe-
lez-vous la seconde représentation des pièces
de la Saint-Charles devant le public payant,
et les motifs qui vous ont lâchement conduits
à faire disparaître tout-à-coup de ces pièces les
allusions flatteuses au Roi et à la famille royale..... et frémissez !

Pour nous, à la vue de ces signes précurseurs de la tempête, nous avons frémi pour notre Roi, trompé par des ministres coupables; nous avons frémi pour notre patrie, exposée par tant de fautes à de nouveaux bouleversemens. Nous avons vu le mal, nous l'avons signalé ; nous avons aperçu le remède, nous allons le faire connaître.

LE REMÈDE.

Lorsque tout est vicié, non seulement dans le ministère, dans l'administration, mais encore dans le gouvernement, c'est-à-dire dans cette partie élevée de l'autorité publique qui fait, défait et refait la législation, il ne reste plus qu'à restaurer le gouvernement même par une réforme salutaire, afin d'en prévenir le renversement par la violence. Un ministère pétri d'ambition et d'imprévoyance, montre chaque jour, sans doute pour l'instruction de ceux qui ne vivaient pas avant 1789, comment sont faites les causes qui produisent les révolutions. Les hommes qui le composent, et ceux qui

sont ses plus intimes soutiens, ont rêvé je ne
sais quelle marche rétrograde qui nous ra-
mènerait vers ce temps d'*imprévision* et de
légèreté, où l'ancienne constitution du royaume, étant méconnue par ceux-là même dont
elle eût fait la force et la sûreté, le pouvoir,
flottant des parlemens à la couronne, et de la
couronne aux parlemens, tomba entre les
mains de la multitude, et bientôt ramassé du
sein des factions populaires, orna le triomphe
liberticide d'un soldat..... Les malheureux ! ils
veulent recommencer ce qu'ils appellent l'ancien régime; ils ne se doutent pas qu'ils n'en
recommencent que la fin.

Charles X se trouve, avec des conditions
de salut plus nombreuses et plus décisives,
dans la position du malheureux et vertueux
Louis XVI, il y a quarante ans. Reste à savoir, si, avec l'expérience du passé et plus de
moyens d'exécution dans le présent, la révolution, que les fautes du ministère ont préparée
et préparent tous les jours, se fera au profit
de la nation et du Roi, ou bien contre le Roi et
au préjudice de la nation. Toute la question
est-là. Espérons : car le Roi peut, en sauvant
sa couronne, épargner à la France de nouveaux
bouleversemens; et, pour le bien de son peuple,
le Roi fera tout ce qu'il peut.

L'histoire a dit de Charles-le-Sage : « Entre
» bien des éloges, il en a mérité un, qui doit
» servir d'instruction à tous les rois, qui est
» que jamais prince ne se plut tant à demander
» conseil, et ne se laissa moins gouverner. »
Avec le même amour pour les Français que
son habile prédécesseur, Charles X ne se montrera pas moins sage que lui.

Il aura sans doute à reconnaître l'inhabileté
et la mauvaise foi politique d'un ministre, en
qui de grandes espérances avaient été placées ;
d'un ministre qui, avec toutes les facilités de
faire le bien, n'en est que plus coupable d'avoir
fait le mal.

« Tout le monde disait de prendre M. de
» Villèle pour ministre ; M. de Villèle est mi-
» nistre, et tout le monde élève la voix pour
» qu'il ne le soit plus. » Ceci s'explique : M. de
Villèle député, avait eu le savoir-faire de laisser
entrevoir quelques étincelles d'un talent dont,
comme ministre, il n'a donné aucune preuve,
et des intentions généreuses qui ne se sont
point réalisées.

Rien ne saurait arrêter le Roi dans l'accomplissement de l'acte de justice qu'il se doit à
lui-même et qu'il doit à son peuple, en détruisant, par une improbation solennelle et par
l'adoption d'un plan de conduite tout opposé, ,

7..

les effets désastreux d'un système tout ministériel et rien que ministériel, subversif de
l'existence du trône, non moins qu'oppressif
des libertés publiques, des intérêts nationaux,
et destructeur du repos de la patrie. « Quand
» on s'est mépris, a dit Louis XIV, quand on
» s'est mépris (le grand roi aurait pu dire,
» quand on a été trompé par de faux rapports
» et de mauvais conseils), on doit réparer sa
» faute (en d'autres termes, celle de ses inha-
» biles ou perfides conseillers); on doit répa-
» rer sa faute le plus tôt possible, *et que nulle*
» *considération n'en empêche*, MÊME LA
» BONTÉ ! »

Un roi de France, en effet, quand il est livré aux simples inspirations de la raison, de
son cœur et de l'intérêt de sa couronne, est
plus l'ami et le bienfaiteur de tous, que l'ami
et le bienfaiteur de quelques-uns.

Que Charles X, que Charles *le Bien-Aimé*,
se sépare de ministres et d'un système également réprouvés par l'opinion publique si clai-
rement manifestée, et il réveillera dans le cœur
des Français, ces sentimens d'amour patriotique,
de dévouement passionné, d'enthousiasme national, qui accompagnèrent ses premiers pas
dans la carrière du pouvoir souverain.

Le ministre, osant profiter de quelques com-

binaisons astucieuses, dont nous taisons pour
le moment le mystère odieux, n'a tenté, avec
une sorte d'audace, l'essai de son despotisme
sur la nation, que dans la persuasion sacrilège
où il a été d'avoir établi son insolente domination sur le Roi lui-même. Tout a été calculé,
comme si l'on avait obtenu ce résultat; le ministérialisme a tiré vers lui le manteau de la
royauté pour en couvrir ses fautes, de telle
sorte qu'à force d'adresse et d'inductions cap-
tieuses, on a quelquefois voulu insinuer dans la
nation que ce qui n'était que l'inspiration du
ministre, était l'effet de la volonté spontanée
du Roi. Mais lorsmême que le Roi agit ou parle
comme de son chef, ses actions et ses discours,
s'ils se trouvent en opposition avec les besoins
et les vœux publics, ont été inspirés par des
avis intéressés et un concours de circonstances en apparence fortuites, mais dans le fond
astucieusement préparées, qui appartiennent
aux ministres et encore mieux au ministre dirigeant, et qui n'appartiennent qu'à lui.

S'il fallait une preuve évidente de cette vérité
politique, on pourrait, entr'autres, citer celle que
présente, d'une manière solennelle, le discours
officiel du Roi, à l'ouverture de la précédente session. Ici même le ministère ne s'est pas contenté
d'insinuer la pensée, il a fourni l'expression.

« Vous ne serez pas plus *émus* que moi,
» est-il dit dans ce Discours, de ces inquié-
» tudes irréfléchies qui agitent encore quel-
» ques esprits. »

Un père est toujours *ému*, même de l'irré-
flexion de ses enfans; un Bourbon ne fut jamais insensible aux inquiétudes des Français.
Qui reconnaîtrait ici l'esprit aimable, le cœur
aimant du fils de Henri IV et de Saint Louis,
de ce prince, Français si jamais il en fut, dont
tous les mouvemens sont de la grâce et de
l'affection, dont toutes les paroles savent si
bien aller toucher la corde qui fait vibrer les
âmes françaises ? Mais aussi qui ne reconnaîtrait pas l'ancien surveillant de nègres à Bourbon, naturellement *peu ému* des inquiétudes,
si réfléchies ou non, des esclaves soumis au gouvernement de son gourdin ? M. de Villèle s'est
cru un moment plus jeune de quelques années; il s'est trompé du blanc au noir : voilà
tout le secret des paroles amères si sacrilège-
ment glissées dans le discours royal.

C'est au Roi qu'il appartient de rejeter sur
le ministre responsable tout ce que le ministre a tenté de cacher sous l'inviolabilité royale.
C'est dans le Roi que les fidèles serviteurs de
sa couronne, les défenseurs dévoués des immunités nationales, mettent toute leur con-

fiance, au moment d'une crise provoquée par
les fautes ministérielles, et qui menace de
compromettre ces objets chers et sacrés de
leur fidélité et de leur dévouement.

C'est en se fondant sur les institutions auxquelles la nation française s'est accoutumée,
et qui lui sont doublement précieuses, puisque
des deux augustes frères du roi martyr, l'un
les accommoda aux besoins du siècle, l'autre
les adopta comme un héritage de famille, que
Charles X réparera les fautes commises, gué-
rira les plaies qu'elles ont faites à la patrie, et
préviendra la catastrophe politique qui, hors
de son intervention royale, en serait infaillible-
ment l'épouvantable résultat.

Et qu'ici l'on prenne bien garde que ce n'est
point le rappel des anciennes institutions du
pays, mais bien leur dégradation, conseillée
par un ministre ignare et félon, qui produisit,
il y a près de quarante ans, les désastres sous
lesquels la France a gémi de toutes les tortures
et de toutes les misères imposées à un peuple
sans autres guides que ses passions, sans autres
lois que les caprices de ses tyrans. Ce n'est
point pour avoir convoqué les États-généraux
que Louis XVI a succombé, et la nation avec
lui; mais pour les avoir convoqués autrement
que le voulait la constitution du royaume; mais

pour avoir, à l'instigation d'un ministre étranger à la nation, méconnu en partie ces institutions salutaires. Le doublement du tiers et le vote par tête de moins; un peu plus de fermeté à soutenir les principes de la royauté, les droits de la couronne, dont le respect et le maintien importent si essentiellement à la conservation de l'ordre et de la liberté, et la France eût subi sans secousse la régénération des institutions royales, que Richelieu avait fait rétrograder, dont Louis XIV, mieux conseillé, eût pu être l'heureux auteur, et qu'avaient rendue plus nécessaire les sales lâchetés de la régence et les ridicules légèretés qui la suivirent.

Confier à d'autres mains le soin d'apporter quelque baume aux maux dont souffre le pays; de diminuer l'impôt; de rectifier l'administration; de rétablir le crédit sur ses bases naturelles; de purifier nos institutions en ce qu'elles sont; de les augmenter de ce qui manque à leur complément nécessaire; de vivifier la morale publique, dégradée par une corruption sans frein comme sans honte; de ramener l'esprit public à cette affection pour ses rois qui, dans les temps les plus difficiles, fit la force de la nation française et la terreur de ses ennemis; de raffermir les ressorts ébranlés de notre politique extérieure; de faire la France telle, tant

au-dedans qu'au-dehors, qu'elle jouisse dans
les siècles d'une dignité, d'une prospérité,
d'une stabilité qui lui échappent chaque jour ;
changer enfin le ministère qui a fait les fautes,
contre un autre qui ait mission de les réparer
et d'en prévenir les suites, sera sans doute quelque chose, mais ne suffirait pas dans la crise
actuelle où le ministère, vicié lui-même, a vicié
d'autres parties plus notables encore.

La Chambre des pairs a été moins entraînée
que la Chambre des députés dans les mesures
ministérielles ; et comme là les résistances
assez fortes aux regards de l'opinion, lui
ont donné pleine certitude qu'il n'a fallu
rien moins que la considération puissante de
son rapprochement plus intime et plus habi-
tuel avec la couronne, pour les faire fléchir
après les plus honorables débats, nul doute
qu'avec une autre direction imprimée par une
autre influence de volonté royale, la Chambre
des pairs qui, dans la position difficile où elle
s'est trouvée placée, et au sein même de concessions péniblement obtenues, a fait preuve
à-la-fois de talent et de loyauté, ne reprenne
devant la France charmée toute la considération publique dont elle a si long-temps joui
d'une manière non équivoque, et qui lui a été
en partie conservée même depuis qu'un ré-

sultat peu satisfaisant, mais heureusement non
définitif, dans un procès fameux, est venu
momentanément en altérer l'éclat.

Mais si la Chambre haute porte en elle-
même le germe de tout ce qu'il y a de grand et
de vénérable, en est-il de même de la Chambre
des députés ?

Nous ne prétendons en aucune façon incri-
miner individuellement aucun de ses membres:
mais l'ensemble s'en est montré si constamment
docile aux caprices arbitraires et souvent si
contradictoires des ministres; un seul mot,
un signe de M. de Villèle est une loi si prompte-
tement obéie au sein des délibérations les plus
importantes de cette Chambre ; les fonction-
naires publics y sont en si grand nombre et si
intimement dévoués au ministère, d'après la
déclaration tranchante fulminée à la tribune
même et en leur présence par le ministre de
l'intérieur; ceux qui, par la nature de leurs
devoirs, sont les contrôleurs des actes des ministres, sont par la réalité de leur conduite et l'in-
discrète solennité de leurs décisions, tellement
aux ordres des ministres mêmes; il se manifeste
en outre dans le sein de cette Chambre une
telle ignorance des choses les plus simples de
l'administration et du gouvernement, un tel
laissez-aller des besoins de la France, un tel

abandon des principes politiques qui lui sont
propres; la considération publique sous laquelle les fonctions législatives sont sans influence et sans autorité morale sur les esprits,
l'a tellement délaissée, que le bien même
qu'une telle Chambre voudrait faire serait im-
parfait. En conséquence, la base de la régénération politique que la France attend de son
Roi, c'est essentiellement :

LA DISSOLUTION DE LA CHAMBRE ACTUELLE
DES DÉPUTÉS.

Ce n'est donc pas seulement le ministère,
c'est encore le gouvernement qui, dans l'état
où les choses en sont venues, doit être remis
à neuf. C'est donc dans la volonté royale,
trompée par les inductions mensongères des
ministres, que le changement doit d'abord
s'opérer pour que le salut de la France se fasse;
et de cette volonté si bienfaisante, quand de
perfides conseils et surtout des rapports non
moins perfides ne la détournent point du bien
qui est à-la-fois dans l'essence de ses intérêts
et de ses devoirs, doit découler la restauration
devenue nécessaire de la partie de la législature soumise à l'élection politique. C'est pour
de telles circonstances, sans doute, et non
pour satisfaire aux intérêts personnels du ministère responsable, que le Roi, en octroyant

la Charte, s'est réservé le droit tutélaire de dissoudre à volonté la Chambre élective.

La dissolution de la Chambre actuelle des députés, ordonnée avec le secours d'un autre ministère, ministère provisoire, si l'on veut, que les événemens viendront raffermir, changer ou modifier définitivement après l'organisation de la Chambre future et la nouvelle impulsion nécessairement donnée aux affaires; cette dissolution, accompagnée d'une proclamation royale qui, en rappelant avec énergie, et en roi qui veut que les lois soient respectées, les pénalités contre les influences illicites, ministérielles ou autres, dans les élections, parle aux Français ce langage du patriotisme et de la loyauté, dont un Bourbon a si bien le secret, et que les Français savent si bien entendre, aura pour résultat certain d'exciter utilement cet esprit d'ardeur nationale et de générosité naturelle, que les fautes de l'administration ont pu frapper d'une sorte de torpeur, mais qu'un mot du père de la patrie peut réveiller plus français que jamais, et simultanément de produire au sein d'une assemblée régénérée une réunion d'hommes énergiques qui sauront qu'ils sont nommés pour faire le bien du pays avec un Roi qui le veut et concurremment avec une Chambre des pairs rendue enfin à la plus

franche manifestation de ses honorables sentimens, au plus libre développement de ses
lumières.

La dissolution invoquée est d'autant plus
instante, que les actes de la Chambre des députés, ceux de la première année exceptés, ne
sont pas moins frappés de nullité légale que de
déconsidération publique; et que continuer
cette Chambre en partie privée du mandat électoral, serait prolonger un état d'illégalité dont
une Chambre future sera toujours fondée et se
croira peut-être obligée à faire justice.

Mais on dira : Si dans l'irritation actuelle
des esprits, vos nouvelles élections amènent
une Chambre opposée par ses doctrines aux
principes naturels du gouvernement, le remède ne sera-t-il pas pire que le mal?

Si l'on veut être pleinement rassuré à cet
égard, que l'on veuille bien se figurer un instant quel effet devra produire sur l'opinion
la démarche grande et entraînante d'un Roi
qui montrera tout ensemble, par un tel acte,
et la fermeté de sa volonté souveraine, et sa confiance dans un peuple qu'il veut rendre heureux.

Supposez M. de Villèle destitué, la Chambre
des députés actuelle cassée, et voyez quels
élans de dévouement et d'amour pour le Roi
de qui la France tiendrait de tels bienfaits.

Charles X, en un instant, aurait autour de lui la France des premiers jours de son règne, la France de l'abolition de la censure; son âme royale éprouverait encore les plus douces émotions à la vue de tout ce peuple de citoyens et de guerriers, tous animés comme alors de cet enthousiasme dont les Français portent toujours l'empreinte au fond de leurs cœurs pour les Bourbons, même lorsque l'éclat en est momentanément obscurci par quelque cause étrangère aux Bourbons et aux Français : et qu'auraient à redouter le Roi et la France de cet accord unanime et touchant, que le ministère semble avoir fait disparaître comme un spectacle importun?

Vous pourriez compter dans la nouvelle Chambre, des représentans de diverses opinions, en tant qu'opinions; mais l'amour d'un Roi aimé et respecté y dominerait, la loyauté y présiderait à la manifestation de tous les sentimens, et l'on verrait ressortir de cette combinaison toute française une politique large dans ses vues, libérale dans ses actes, telle qu'elle convient au père commun de la grande famille.

Quelques chefs ambitieux peuvent se soustraire au charme d'un Bourbon livré à ses inspirations naturelles d'amour du bien public. Mais les masses ne sauraient y résister; ces

masses que nous avons vues, en 1814, adopter
la légitimité de nos Rois en haine de la tyrannie;
ces masses que la restauration vit royalistes
par amour pour la liberté, et que nous avons
revues telles à l'avènement de Charles-le-Bien-
Aimé, le lendemain de l'ordonnance destruc-
tive de la censure. En ce jour mémorable
(puisse-t-il luire encore pour la France !) nous
avons serré dans nos bras des libéraux, la veille
adversaires de la royauté, qui, pleins d'émo-
tion et les yeux mouillés de douces larmes,
s'écriaient avec l'accent du patriotisme le plus
pur, du royalisme le plus touchant : « *Vive le*
» *Roi !* car il est impossible de résister à tant
» de grâce et de loyauté. »

La politique d'un roi, et d'un Roi de France,
de cette France généreuse qui répond si bien
au cœur des grands rois, n'est point de tourner
le dos à ses amis; elle n'est pas non plus de
désespérer ses ennemis. Si le ministérialisme,
qui est une usurpation, vit de l'existence et de
la division des partis, l'intérêt du Roi et de la
nation commande la paix entre toutes les opinions qui partagent les esprits en matière politique, et leur fusion définitive au profit du
trône et des institutions nationales. Pour parvenir à ce but désiré par la masse et redoutable
seulement à l'ambition égoïste de quelques infi-

dèles dépositaires du pouvoir, il est un moyen
simple et victorieux, tracé par la sagesse et la
bonté même. Ce moyen est tout entier dans le
mot cordial et sensé de Charles X, alors *Monsieur*, héritier présomptif de la Couronne :
« Plaçons-nous au milieu de nos amis, et
« donnons la main à tout le monde. »

Que Charles X soit lui-même; et la France
et sa couronne peuvent encore être sauvées par
ses mains royales.

NOTE ADDITIONNELLE.

Nous avions terminé cet écrit, lorsque le *Courrier Français*, sous la date du 30 novembre, a publié un article où, tout en proclamant l'illégalité de la Chambre actuelle des députés après la cinquième année de son existence, le rédacteur n'ose pas se prononcer, d'une manière aussi affirmative, sur la réprobation légale dont, selon nous, cette même Chambre est également frappée depuis la fin de sa première session, par l'expiration des pouvoirs d'un cinquième de ses membres, et successivement par l'expiration d'un autre cinquième, à la fin de chacune des sessions suivantes.

Il importe d'autant plus de rectifier cette erreur dans un sujet aussi important, que, vers la fin de la précédente session, dans des conversations un peu rapides à la vérité, quelques-uns des membres les plus recommandables de la Chambre élective nous ont paru éprouver la même hésitation que le *Courrier*.

« L'article 37 de la Charte, nous disaient

» nos honorables amis, détermine en effet la
» nécessité du renouvellement par cinquième,
» conjointement avec l'obligation de l'élection
» pour cinq ans; ce qui semble indiquer que
» la Chambre doit être effectivement renou-
» velée par cinquième chaque année. Mais on
» peut considérer, à la rigueur, les députés
» actuels, produit d'une seule et même élec-
» tion, comme ayant été virtuellement nom-
» més pour cinq ans, et la Chambre, en con-
» séquence, comme ayant des pouvoirs jusqu'à
» l'expiration de la cinquième année de son
» existence. »

Un simple exposé de la doctrine légale sur
la matière, suffira pour éclaircir tous les doutes
et lever tous les scrupules.

Nous pensons que l'article 37 de la Charte,
sous l'empire duquel la Chambre actuelle a été
élue, isolé même de toute autre disposition obli-
gatoire, imaginée pour en expliquer le sens et
en déterminer l'obligation, établit assez victo-
rieusement la justesse de notre opinion. Cet
article s'exprime ainsi :

« Les députés sont élus pour cinq ans, et de
» manière que la Chambre soit renouvelée,
» chaque année, par cinquième. »

Que veulent dire ces paroles de la Charte,
sinon que la durée des pouvoirs d'un député est

de cinq ans, sauf les restrictions apportées à cette durée quinquennale, par l'obligation rigoureuse de renouveler la Chambre par cinquième chaque année? Ou l'article cité veut dire cela, ou il ne signifie rien ; et des expressions positives contenues dans la loi constitutive de l'État, de toutes la plus solennelle et la plus sacrée, doivent signifier quelque chose, si l'on veut que la sûreté de l'État repose sur quelque garantie.

Ainsi, sous l'empire de cette législation électorale, séparée, si l'on veut, de toute disposition explicative, les élections'générales qui ont produit la Chambre actuelle, auraient fait cette Chambre avec la condition d'être renouvelée par cinquième chaque année; ce qui fait que, selon le mandat électoral, source unique de ses pouvoirs, elle n'aurait été complète que dans sa première session; et qu'à la fin de cette première session, et successivement à la fin de chaque session suivante, elle se serait trouvée dépouillée d'un cinquième de son personnel.

De quels membres aurait dû se composer chacun des cinquièmes successivement sortans, en l'absence de tout règlement établi à cet égard? C'est ce qui, dans cette hypothèse même, aurait peu importé à la rigueur des conséquences qui se déduisaient tout naturellement du principe formellement établi dans la Charte,

8..

et encore non modifié par une loi. Si n'ayant, par exemple, aucune règle existante pour la formation des cinq séries de la Chambre, et pour leur distribution par ordre successif de sortie, les séries n'avaient pas été formées, et cet ordre de sortie établi par la Chambre nommée sous le régime électoral du renouvellement par cinquième, à qui la faute, si ce n'est à la Chambre même qui aurait profité de cette négligence, son propre fait, avec le résultat positif, si ce n'est dans le but prémédité d'étendre ses pouvoirs au-delà des bornes prescrites par le mandat électoral en vertu duquel ces mêmes pouvoirs existaient, et hors duquel ils n'auraient existé d'aucune manière? Et certainement une faute ne saurait créer un droit au profit de qui l'aurait commise.

Mais, au moment des dernières élections générales, de qui nous vient la Chambre actuelle des députés, l'autorité de l'article 37 de la Charte n'était point isolée; mais cet article avait été expliqué et avait reçu tous ses moyens d'application par un règlement existant. Non seulement, en vertu de cette disposition constitutionnelle, la Chambre des députés devait être renouvelée par cinquième chaque année; mais encore le classement des diverses séries était-il positivement réglé, et l'ordre dans lequel les renouvellemens devaient avoir lieu parfaitement établi.

Voici comment s'était formé cet ordre de choses électoral.

En 1816, eurent lieu pour la première fois des élections conformément aux dispositions de l'article 37 de la Charte déjà cité.

Ces élections avaient été générales; de sorte qu'il devenait indispensable, dès la première session, de régler l'ordre des séries, dont jusque-là on n'avait eu nullement besoin de s'occuper.

Ce fut dans ces circonstances que parut l'ordonnance suivante du Roi, en date du 27 novembre 1816, quelques jours après l'ouverture de la session.

« Louis, etc.

» En examinant la composition actuelle des
» séries des départemens anciennement éta-
» blies, nous avons reconnu que depuis que
» les provinces autrefois réunies à la France
» en ont été distraites, le nombre des dépar-
» temens et celui des députés y sont répartis
» d'une manière inégale et confuse, et qu'il était
» nécessaire de les disposer dans un meilleur
» ordre, en sorte que, chaque année un nom-
» bre égal de départemens eût à choisir un
» nombre égal de députés.

» Voulant aussi que les départemens qui
» composent chaque série soient alternative-
» ment appelés à renouveler le cinquième des
» membres de la Chambre des députés, de
» manière qu'ils puissent nous faire connaître,
» chaque année, les nouveaux besoins et les
» vœux de toutes les parties du royaume, nous
» avons jugé utile que deux départemens limi-
» trophes ne fussent pas appelés la même année
» à procéder aux élections.

» A ces causes,

» Sur le rapport de notre ministre au dépar-
» tement de l'intérieur,

» Nous avons ordonné et ordonnons ce qui
» suit :

» Art. 1er. Les quatre-vingt-six départe-
» mens du royaume sont divisés en cinq séries,
» conformément au tableau annexé à la pré-
» sente ordonnance.

» Art. 2. Il sera fait, pendant la session de
» 1816, un tirage au sort, pour déterminer
» l'ordre dans lequel les cinq séries des départe-
» mens seront appelées à renouveler leurs dé-
» putés.

» Art. 3. Les cinq séries ne prendront leur
» numéro d'ordre qu'après le tirage au sort. La
» série qui sortira la première sera la pre-

» mière renouvelée; les autres le seront suc-
» cessivement, selon l'ordre de leurs numéros.

» ART. 4. Notre ministre est chargé, etc.

» *Signé* LOUIS.

» *Contresigné* LAINÉ. »

En accomplissement des obligations imposées
par cette ordonnance, complément de l'article
37 de la Charte, et sur l'invitation expresse du
ministre de l'intérieur, la Chambre, dans sa
séance du 22 janvier 1817, s'empressa de procéder publiquement au tirage des séries, que
le sort classa de la manière suivante :

Série No. 1. Alpes (Hautes-), Côte-d'Or,
Creuse, Dordogne, Gers, Hérault, Ille-et-Vil-
laine, Indre-et-Loire, Lozère, Loiret, Meuse,
Oise, Orne, Rhin (Haut-), Rhône, Seine, Deux-
Sèvres;

Série No. 2. Ain, Alpes (Basses-), Corrèze, Fi-
nistère, Gard, Indre, Landes, Loire, Manche,
Moselle, Nièvre, Nord, Saône (Haute-), Sarthe,
Seine-et-Marne, Tarn-et-Garonne, Vendée;

Série No. 3. Aisne, Allier, Arriège, Cantal,
Charente-Inférieure, Corse, Doubs, Eure-et-
Loir, Isère, Marne (Haute-), Mayenne, Mor-
bihan, Pyrénées (Basses-), Rhin (Bas-), Seine-
Inférieure, Tarn, Vaucluse, Vienne;

Série N°. 4. Ardennes, Aube, Aude, Bouches-du-Rhône, Cher, Côtes-du-Nord, Drôme, Eure, Gironde, Loire (Haute-), Lot, Maine-et-Loire, Pyrénées (Hautes-), Saône-et-Loire, Somme, Vienne (Haute-), Vosges;

Série N°. 5. Ardèche, Aveyron, Calvados, Charente, Garonne (Haute-), Jura, Loir-et-Cher, Loire-Inférieure, Lot-et-Garonne, Marne, Meurthe, Pas-de-Calais, Puy-de-Dôme, Pyrénées - Orientales, Seine - et - Oise, Var, Yonne.

Il s'établit donc pour le renouvellement de la Chambre par cinquième un mouvement de rotation, d'après lequel,

Les députés de la série N°. 1 durent être renouvelés, comme effectivement ils le furent, après cette même session de 1816;

Ceux de la série N°. 2, après la session de 1817;

Ceux de la série N°. 3, après la session de 1818;

Ceux de la série N°. 4, après la session de 1819;

Ceux de la série N°. 5, après la session de 1820;

Ceux de la série N°. 1, après la session de 1821;

Ceux de la série N°. 2, après la session de
1822;

Ceux de la série N°. 3, après la session de
1823.

Et par conséquent, au moment où les dernières élections générales eurent lieu sous
l'empire de cette législation de la quinquen-
nalité et du renouvellement par cinquième,
réglé par l'établissement des séries,

Les colléges des départemens de la série
N°. 4 élurent, légalement parlant, leurs députés, pour un an;

Ceux de la série N°. 5, pour deux ans;

Ceux de la série N°. 1, pour trois ans;

Ceux de la série N°. 2, pour quatre ans;

Ceux de la série N°. 3, pour cinq ans.

Ainsi, les députés élus par les départemens
de la série N°. 4, sont légalement privés de la
faculté de siéger dans le sein de la Chambre,
depuis la fin de la session de 1824;

Ceux de la série N°. 5, en sont privés depuis la fin de la session de 1825;

Ceux de la série N°. 1, depuis la fin de la
session de 1826;

Comme ceux de la série N°. 2, en seront privés à la fin de la présente session de 1827;

Et ceux de la série N°. 3, à la fin de la session de 1828.

Ainsi, par exemple, M. Ravez, député de la Gironde, l'un des départemens de la série nº. 4, n'est plus, *de droit*, membre de la chambre des députés, depuis la fin de la session de 1824, quoique, *de fait*, il ait continué à la présider dans les sessions de 1825, de 1826 et de 1827.

Ainsi, MM. de Peyronnet et de Villèle, le premier élu, comme M. Ravez, par la série nº. 4, et le second par la série nº. 5, ont cessé, *de droit*, celui-là depuis la fin de la session de 1824, celui-ci, depuis la fin de la session de 1825, d'être membres de la chambre, dans laquelle l'un et l'autre n'en ont pas moins, *de fait*, continué à siéger et à donner leur vote, comme s'ils n'avaient pas cessé d'être investis des pouvoirs de député.

Ainsi, M. Corbière, élu par un département de la série nº 1, va continuer, *de fait*, à siéger encore pendant la session de 1827, dans cette même chambre dont il ne fait plus partie *de droit*, ses pouvoirs de députés, déjà obscurcis dans l'origine par des nuages élevés autour de son cens d'éligibilité, étant de toute façon légalement expirés avec la session dernière.

On objectera sans doute, que si les députés ne tiennent point leurs pouvoirs de la législation sous l'empire de laquelle ils ont été élus,

ils les ont du moins reçus de la loi de la septennalité et du renouvellement intégral, à la
confection de laquelle ils ont eux-mêmes concouru.

Mais outre que la loi n'a point d'effet rétroactif, et qu'admettre une telle proposition, ce
serait légaliser en quelque sorte le désordre et
consacrer le bouleversement de la société politique, il est de principe que la loi est impuissante de toute manière à créer un député, ce
droit découlant tout entier et sans partage du
mandat électoral.

En effet, le Roi, qui fait la loi, et qui aussi a
fait la Charte, ne s'est point réservé, nous l'a-
vons déjà dit, la faculté d'élire les députés.
Cette faculté génératrice, la Charte octroyée
par le Roi, ne l'attribue pas non plus à la
chambre des pairs; elle l'a encore moins con-
fiée à la chambre des députés, qui ne saurait
surtout concourir à sa propre élection. Enfin,
ce que le Roi octroyant la Charte ne s'est
point réservé pour lui-même, et qu'il a également
ment dénié à chacune des deux chambres législatives prises séparément, le Roi constituant
ne l'a pas plus accordé au Roi assisté des deux
chambres. Il n'existe ni dans la Charte, ni
dans aucune loi organique provenant de la
Charte, aucune disposition qui, soit directe-

ment, soit même indirectement, déplace, d'une
façon aussi étrange, le droit d'élection des
membres de la chambre élective; droit constitutionnel, immuable à l'égal des droits les
plus sacrés, exclusivement conféré aux colléges électoraux de France, comme une des
conditions essentiellement inhérentes au mé-
canisme de notre mode de gouvernement, où
il a été jugé utile que l'un des grands corps
qui assistent le monarque pour la confection
des lois, celui que la prévoyance constitutionnelle a plus spécialement préposé à la libre manifestation des besoins de tous, émanât invariablement de l'élection populaire.

Dans les dernières élections générales, des
individus ont été constitutionnellement et légalement élus membres de la chambre des députés, un cinquième pour un an, un cinquième
pour deux ans, un cinquième pour trois ans,
un cinquième pour quatre ans, et enfin un
cinquième pour cinq années. Que la loi de la
septennalité et du renouvellement intégral, qui
est venue après, et à laquelle le produit de ces
mêmes élections a concouru, ait changé le système constitutif de la chambre et la nature des
élections elles-mêmes pour l'avenir, il n'y a
sans doute là rien qui blesse ce respect pour
les choses légalement accomplies, sans lequel

il ne saurait y avoir de véritables lois : mais de
députés élus pour cinq, pour quatre, pour trois,
pour deux ans, et même pour une seule année,
par les corps électoraux, les seuls qui aient la
faculté d'élire, prétendre faire des députés
également habiles à exercer leurs pouvoirs
pendant sept années, et par un mouvement rétroactif, sans aucun droit d'élection et au mépris des lois existantes, nommer ainsi de fait
ces mêmes individus, députés pour tout le
temps compris dans l'extension plus ou moins
longue, mais également monstrueuse, arbitrairement donnée à leurs pouvoirs, c'est ce
qui est incompatible avec la nature de la loi
qui repousse ce qui lui est contraire, l'illégalité; c'est ce qui est au-dessus du pouvoir
même de la loi, impuissante à imprimer à l'u-
surpation d'un droit reconnu le caractère obli-
gatoire de la légitimité.

Nous pourrions ajouter une foule de considérations importantes aux réflexions que vient
de nous inspirer ce grave sujet, ainsi qu'aux
observations analogues contenues dans le corps
du présent écrit. Indiquer le vice radical de la
chambre actuelle des députés, dont en ce moment les trois cinquièmes sont privés des pouvoirs provenant du mandat électoral qui seul
constitue les pouvoirs de député, nous a paru

suffisant pour éveiller dans les esprits les puissans motifs qui doivent démontrer victorieuse-
ment aux yeux de tous, l'illégalité dont est
frappée cette chambre, et le danger qu'il y aurait, tant pour la France que pour le personnel de la chambre même, à laisser subsister
plus long-temps cette illégalité, placée à la
source même des lois : une illégalité est sans
doute fâcheuse pour le pays qui en souffre;
mais aussi devient-elle quelquefois dangereuse
pour les hommes qui ont l'imprudence d'y
prendre part, et à qui l'avenir, rendu à la libre
et salutaire influence des lois, peut demander
un compte sévère de leurs actions. Si l'indica-
tion donnée et les explications dont nous l'a-
vons fait suivre, ne suffisaient point à produire
le résultat que nous croyons pouvoir en atten-
dre, il serait de notre devoir de pousser la dé-
monstration jusqu'à son expression la plus lu-
mineuse, aux risques de qui n'aurait pas voulu
nous comprendre; car aucune considération,
même celle de notre affection pour quelques
hommes, ne saurait nous détourner de l'obligation sacrée de proclamer dans tous ses développemens, une vérité utile à notre patrie.

POST-SCRIPTUM

SUR LE DISCOURS DU ROI,

A L'OUVERTURE DE LA SESSION DE 1827.

———————

LES paroles du Roi, quand elles expriment un sentiment, sont dignes en tout de la vénération des Français. Une loi plus complète sur la *Traite des Noirs* va être portée aux Chambres. Le sentiment de christianisme et d'humanité qui s'attache à la réprobation de l'esclavage est on ne peut pas plus louable; il le serait pour le ministère qui a proposé la mesure annoncée dans le discours du Roi, si la considération des intérêts de l'Angleterre, que nous choyons avec tant de soin depuis que notre politique est renfermée à la Bourse, au profit de la politique anglaise, n'était entrée pour rien dans les motifs qui ont déterminé la proposition ministérielle.

Ou ne saurait se dissimuler que l'Angleterre, dont les armes et surtout les manœuvres diplomatiques font peser chaque jour sur quelque nouveau peuple de l'Inde opprimée le joug de la plus dure servitude, n'a fait tout-à-coup un si grand étalage de ses tendres affections pour la peau noire, que dans le but connu d'affaiblir nos colonies déjà si rares et si peu productives. Ceci explique en partie la ruineuse et dégradante émancipation de Saint-Domingue, et les nouvelles restrictions apportées à un commerce, selon nous, abominable, mais contre lequel nos ministres vont armer les plus grandes sévérités de la loi, excités par d'autres considérations que celles qui nous animent. En effet, un ministère qui, dans une occasion mémorable, a repoussé une proposition de Chambre, qui condamnait la traite des blancs, aurait assez mauvaise grâce à nous vanter la pureté et la spontanéité de ses motifs dans cette condamnation évidemment imposée de la Traite des Noirs.

Notre système colonial tombe; et le ministère ne fait rien, ni pour le conserver, ni pour mettre quelque chose à la place de ce système si utile, si nécessaire, et, à quelques égards, si indispensable à la France. Nous avons à nos portes une île qu'une administration prévoyante rendrait capable, tant par la civilisation que par la culture, de nourrir près d'un million d'habitaus de plus qu'elle n'en contient : mais tout semble

calculé au contraire pour laisser cette île malheureuse dans un état de barbarie et d'abandon, qui repousse loin de ses bords un accroissement toutefois si facile de population et de
richesses territoriales et industrielles. Beau
moyen de civiliser la Corse, que de la laisser
éternellement croupir dans un régime d'exception, et de destituer un procureur-général qui
avait cru de son devoir d'y faire respecter les
lois!

Le Code militaire et le Code forestier, ainsi
que quelques changemens dans l'organisation
du Jury, seront proposés à la délibération des
Chambres. Un projet de loi sur la liberté de la
presse est également annoncé. Ces diverses propositions seront-elles empreintes de l'esprit de
constitutionnalité, seul capable de leur donner
une valeur réelle pour le bien de tous? C'est ce
que le temps nous apprendra. Dans tous les
cas, il sera fâcheux que d'aussi importantes
institutions soient débattues par une législature dont la fraction élective est en grande
partie dépouillée, comme il a été dit plus haut,
des pouvoirs provenant du mandat électoral,
les seuls qui puissent attribuer à ses membres
la faculté de concourir avec autorité à la confection d'actes suffisamment revêtus du caractère auguste de la loi.

Indépendamment de cette observation de
droit, de cette véritable fin de non-recevoir
opposée à la présentation de projets qui, dans
l'état d'illégalité de la Chambre élective, ne
sauraient devenir de véritables lois, nous ajou-
terons, quant à la liberté de la presse, quelques
observations que l'énoncé du projet dans le
discours du Roi nous fait un devoir de produire dès à présent.

Rien de mieux sans doute que de mettre en
œuvre des moyens plus étendus et plus effi-
caces pour réprimer la licence, si les moyens
existans ne suffisent pas, et quand bien même
les ministres auraient quelque chose à se re-
procher dans les « nombreux abus produits
» par les développemens de la faculté d'é-
» crire : » mais il n'importe pas moins sans
doute de protéger la liberté. Et cependant il est
dit dans le discours du Roi, que « Sa Majesté
» aurait désiré qu'il fût possible de ne pas s'oc-
» cuper de la presse, » ce qui, joint à ce qu'il
ne s'agit dans ce même discours que d'un surcroît de répression des abus de la presse, donne
lieu à déduire cette conséquence, que le Roi,
sur le rapport de ses ministres, a cru la liberté
de la presse suffisamment protégée par la législation existante.

Or, il faut bien le dire : la législation exis-

lante, loin d'être suffisamment protectrice,
est, au contraire, on ne peut pas plus oppres-
sive de la liberté de la presse. En vertu de l'article 12 de la loi du 21 octobre 1814, qui aurait
dû disparaître comme mesure essentiellement
d'exception dans les circonstances toutes diffé-
rentes au milieu desquelles cet article est né,
les imprimeurs et les libraires, instrumens de
cette liberté, peuvent se voir privés de leurs
brevets par le ministère, à la suite de la condamnation judiciaire la plus minime prononcée
pour la contravention la plus légère. N'est-ce
pas une inconséquence dérisoire que d'accorder aux Français, dans la Charte, le droit de
publier et de *faire imprimer* leurs opinions, et
d'attribuer au ministère, dont les opinions des
Français sont appelées à contrôler les actes, le
droit de vie et de mort sur l'état, sur la propriété, sur l'existence des libraires qui servent
à publier ces mêmes opinions, et des imprimeurs sans le concours desquels il est certainement impossible de les faire imprimer ? Ce
n'est pas le tout de sauver la liberté de la presse
de ses propres excès, encore faut-il la mettre
à l'abri des empiétemens de l'usurpation ministérielle. Si les lois de la presse doivent tendre
à tuer la licence, il n'importe pas moins qu'elles
aient pour résultat de faire vivre la liberté.

9··

C'est sous ce point de vue que nous reviendrons sur le projet ministériel, quand il sera
officiellement connu : car toute la question du
mode de gouvernement actuel de la France
est là.

Encore une annonce d'augmentation de recette, qui ne fait qu'accroître un impôt déjà
surchargé, et dont on ne s'empresse nullement
d'alléger le poids pour le peuple. Un soulage-
ment illusoire pour le présent ; pour l'avenir
des promesses d'allégement fondées sur l'espé-
rance « que les allocations qui seront fixées
« pour les services publics, suffiront pendant
« plusieurs années à tous leurs besoins : » tels
sont les résultats *avoués* de l'administration
financière de M. de Villèle ; telle est la *situation si favorable*, pour laquelle M. de Villèle,
trompant la religion du monarque, nous en-
gage à rendre grâces à la divine Providence. Ah!
sans doute la Providence veille sur le royaume
de saint Louis ; et ce n'est pas de la situation
de nos affaires, de cette situation critique due
aux fautes du ministre dirigeant, que nous lui
rendrons nos actions de grâces, mais bien plutôt
de n'avoir pas permis que la France fût perdue,
au milieu de tout le mal et de tout le danger,
produits par ces mêmes fautes.

La situation de la France au-dedans et au-

dehors se présente sous un aspect effrayant,
même pour ces ministres qui n'y voient que
trop la condamnation de leurs actes, sans pouvoir se déterminer à trouver, dans cette condamnation solennelle, des motifs suffisans pour
se retirer, mettant les misérables intérêts de
leur existence et de leur grandeur personnelle
au-dessus de ce qu'exigent l'existence et la
grandeur de la France.

C'est en vain qu'en ce qui touche à notre
situation au-dehors, un ministre anglais, pressé
par le besoin d'apaiser les scrupules nationaux
de ses compatriotes, a confirmé, sur la politique servile de M. de Villèle à l'égard de l'Angleterre, les faits accusateurs exprimés dans le
corps de cet écrit ; c'est en vain que l'insolente
forfanterie de ce ministre, qui ne pouvant
faire la guerre ose nous en menacer, a signalé
notre politique comme esclave de la politique
d'un pays si inférieur à la France en puissance effective et en richesses réelles, que son
gouvernement se voit réduit, en pleine chambre des communes, à promettre la faculté de
s'exiler à de malheureux sujets qui lui deman-
dent l'exil ou du pain : M. de Villèle dénoncé
par M. Canning, comme ayant une politique
obéissante aux exigences de l'Angleterre et *pré-
judiciable* à la France, M. de Villèle n'en reste

pas moins à la tête des affaires, d'où l'humi-
liation publique dont on vient de l'abreuver est
impuissante à le faire retirer. Mais de quelle
autorité notre politique peut-elle être environ-
née, après cette attaque publiquement portée
à la considération du pouvoir responsable qui
la dirige, et qui vient, à la face du monde, et
au sein de notre noble Chambre des pairs, de
consacrer lui-même sa honte, en prodiguant
officiellement l'éloge au gouvernement qui l'a
couvert officiellement d'outrages? Que ce pouvoir responsable porte en tombant la peine de
ses fautes; que son système d'illégalité, d'arbitraire et de domination personnelle, croule
avec lui; que la vérité parvienne jusqu'au
trône, et la France est sauvée : car un mot de
vérité entendu par le Roi peut mettre un terme
à tout ce désordre, et prévenir la catastrophe
qui menace d'en être l'effroyable conséquence.

Et quand, à la vue de ce désordre, en quelque sorte organisé par le ministère dans toutes
les parties des affaires publiques, nous signa-
lons une catastrophe, quand nous avons parlé
d'une révolution, nous n'avons fait qu'exprimer
l'opinion de tous les hommes qui pensent, et
mesurer les faits politiques de nos jours avec
d'autres faits qui ne sont pas bien loin du
temps où nous vivons.

Nous aurions sans doute représenté une
image encore plus vive du danger qui nous
presse, si nous avions cru pouvoir, sans inconvénient pour la monarchie et les institutions même, dont nous vou lrions prévenir la
perte, offrir le tableau détaillé des moyens
placés par les fautes ministérielles au pouvoir
des hommes disposés à renverser ce qui existe.
Ce que nous avons dit est tout ce que nous
pouvions dire par la voie de la publicité; s'il
nous eût été permis de communiquer confi-
dentiellement les motifs des périls de la France
à celui qui a tout pouvoir de les conjurer, nos
vérités eussent été plus complètes, et leur développement plus décisif. Nous avons fait notre
devoir, non de la manière que nous eussions
voulu, mais comme nous avons pu le faire.

NOTE

AJOUTÉE SUR LA DEUXIÈME ÉDITION.

———————

DEPUIS la première publication de cet écrit, le ministère a présenté aux Chambres ses divers projets : un code forestier ; un code militaire et un projet de loi contre la traite des noirs, qui passent inaperçus ; un projet de loi sur le jury, qui tend à organiser une sorte d'aristocratie bâtarde par les majorités électorales, dans le but d'asservir systématiquement la nation et le Roi lui-même au joug du ministérialisme ; enfin les projets sur la police de la presse et sur le tarif des lettres et des imprimés à la poste, l'un et l'autre imaginés pour étouffer l'expression de la pensée, au profit du ministère, qui, pour usurper et pour opprimer, a surtout besoin du silence.

Nous disions, au mois de mars 1824, dans *l'Appel d'intérêt public au Gouvernement contre le Ministère :*

« Il paraît que les ministres actuels ne re-
» doutent pas moins la liberté de la presse

» que leurs prédécesseurs ne la redoutaient
» eux-mêmes.... Voulant couserver à l'opi-
» nion *l'apparence* de la liberté, afin de trom-
» per plus sûrement les esprits, le ministère
» a laissé subsister la liberté de la presse dans
» nos lois, et les instrumens naturels de cette
» liberté sont dans ses mains, prêts à être bri-
» sés au gré de ses besoins ou de ses caprices.
» On profite de la plus mince occasion et du
» prétexte le plus frivole, pour ôter au li-
» braire sa licence et à l'imprimeur son bre-
» vet. Le libraire et surtout l'imprimeur, frap-
» pés de la crainte d'une disgrâce qui peut
» leur enlever leur état, le pain de leur fa-
» mille, ne se chargent qu'en tremblant, et
» souvent ne veulent pas du tout se charger
» de la vente ni de l'impression des ouvrages,
» même les plus licites et les plus honorables
» qui s'attaquent à l'administration.... Il de-
» vient urgent d'examiner l'usage que les mi-
» nistres ont fait de l'art. 12 de la loi du 21
» octobre 1814, introduit dans notre législa-
» tion à la suite d'une discussion législative,
» où des ministres prétendirent que le mot
» *réprimer*, dans la Charte, signifie *prévenir.*
» Cet art. 12 dispose que « le brevet pourra
» être retiré à tout imprimeur ou libraire
» qui aura été convaincu, par un jugement,

» de contravention aux lois et règlemens. »
» Cet article n'a-t-il pas besoin d'être revu,
» modifié ou expliqué, afin que l'administra-
» tion ne puisse plus s'arroger la triste faculté
» de rendre nul le droit constitutionnel de la
» presse, en tenant l'épée de Damoclès sus-
» pendue sur la tête de ceux qui sont les ins-
» trumens nécessaires de l'exercice de ce
» droit ?

» C'est surtout dans les journaux, ajou-
» tions-nous, que les ministres ont plus par-
» ticulièrement poursuivi le droit de contrôle
» de leurs actes, exercé dans le but d'éclai-
» rer l'opinion et d'exprimer les besoins pu-
» blics. Leurs prédécesseurs s'étaient conten-
» tés d'exercer une censure préventive en ver-
» tu d'une loi; et dans les intervalles où la cen-
» sure n'exerçait pas son empire, ils s'étaient
» bornés à publier la défense de leurs sys-
» tèmes, et à faire attaquer leurs adversaires
» dans quelques journaux seulement, payés
» à cet effet. La censure que les ministres ac-
» tuels exercent sur les journaux qu'ils veu-
» lent bien encore laisser vivre, pour être oc-
» culte, n'en est que plus sûre et plus oppres-
» sive. Les anciens ministères n'avaient à
» leurs ordres qu'un petit nombre de jour-
» naux ; le ministère actuel a conçu le des-

» sein dispendieux de les avoir tous en sa
» puissance. »

(Ici se trouvait développée l'action illicite
de cette caisse d'amortissement de l'esprit public, dont un homme élevé, du moins par sa
naissance, et célèbre par ses ridicules, eut le
courage de se faire le honteux directeur.)

« Les projets du ministère, disions-nous en-
» core dans le même ouvrage et à cette même
» époque de 1824, ne sont pas plus rassurans
» que ses actes connus. *On annonce qu'un*
» *article du budget présentera, pour les jour-*
» *naux, une augmentation du droit de tim-*
» *bre....*»

Plus tard, et en 1825, dans un autre écrit,
ayant pour titre : *Du Ministère Villèle et de*
ses œuvres (1), après avoir renouvelé les mêmes plaintes, après avoir signalé la progression
effrayante des mêmes scandales et des mêmes
dangers, nous ajoutions :

«Afin d'annuler de fait la liberté de la presse,
» le ministère a cru devoir employer contre la
» presse périodique la violence de l'arbitraire,
» les ruses de la perfidie ou l'attrait de la cor-

_____

(1) *Du Ministère Villèle et de ses œuvres*, broch. in-8°.,
prix : 4 f., à Paris, chez Delaforest, libraire, rue des Filles-
St.-Thomas, n°. 7, et chez l'Auteur, rue Vivienne, n°. 7.

» ruption. Ce qu'il n'a pu atteindre par la
» force, il l'a étouffé sous des monceaux d'or;
» il a employé les manœuvres les plus lâches,
» là où l'action de la violence lui avait été in-
» suffisante; il a composé pour une partie d'in-
» fluence, lorsqu'il n'a pu obtenir l'influence
» tout entière.... S'il juge l'occasion favora-
» ble dans la prochaine session, *le ministère*
» *demandera des lois qui lui permettent de*
» *commander le silence, afin de s'épargner*
» *la dépense, et surtout la peine de l'ache-*
» *ter.* »

Le ministère, comme on le voit, a pris le
soin de ne pas nous démentir; nos prévisions
vont être justifiées, quoique plus tard que nous
l'avions pensé, au moyen des deux projets de
loi sur la police de presse et sur le tarif de la
poste.

Nous avions demandé, il y a trois ans, un
an et demi, et plus récemment encore, l'indépendance des imprimeurs et des libraires,
comme la conséquence la plus indispensable
du droit de publier et de faire imprimer des
opinions, droit attribué par la Charte à tous
les Français; et le nouveau projet sur la presse
repose *tout entier* sur une oppression plus rigoureuse des imprimeurs, complaisamment
demandée, il y a quelques mois, par M. de Bo-

nald, dans un écrit dont alors nous avons fait justice (1).

Nous ne prendrons pas la peine de signaler ici l'incohérence brutale et presque féroce des propositions ministérielles, ces propositions insensées et cruelles, qui tendent à livrer au monstre de la faim tant d'hommes qui vivaient d'une industrie garantie par la protection des lois. Nous ne dirons pas ce qu'il y a de singulier dans cette loi de timbre, présentée par un garde-des-sceaux, au lieu de l'être, en cette partie, par le ministre des finances. Courageuse complaisance offerte par Sa Grandeur à M. de Villèle, pour qui chacun de ses collègues s'est montré un Raton souple et officieux, toutes les fois que ce Bertrand du ministère leur a tour-à-tour imposé la loi de tirer les marrons du feu.

Sur les vingt-six francs d'augmentation, par exemple, que les deux nouveaux projets en question mettent à la charge des journaux, M. de Villèle a bien voulu se charger, dans le projet des tarifs à la poste, de 11 fr., laissant à

_____

(1) *Défense de la liberté de la presse contre les attaques de M. le vicomte de Bonald, Pair de France*, broch. in-8°., prix : 2 fr., à Paris, chez Delaforest, rue des Filles Saint-Thomas, n°. 7, et chez l'Auteur, rue Vivienne, n°. 7.

M. de Peyronnet le fardeau des 15 fr. restans, qui, dans l'ordre de la responsabilité respective des divers ministères, tombaient également dans le domaine du ministre des finances.

M. de Peyronnet se trouve de plus chargé de tout l'odieux du projet, en ce qui regarde les autres mesures restrictives et oppressives que le projet renferme. Aussi, voyez comme l'on moleste M. de Peyronnet et comme l'on épargne M. de Villèle. Tout est calculé, soit par adresse, soit par une influence plus ou moins directe sur beaucoup d'entre ceux qui peuvent parler au public, pour que M. de Peyronnet soit, à proprement parler, l'éditeur responsable de la loi, et M. de Villèle le bénéficiaire inviolable. Nous doutons cependant que l'éditeur responsable en simarre ait à *se réjouir*, comme Sa Grandeur l'a dit si obligeamment, quant aux éditeurs responsables des journaux, *de la peine décernée contre Elle* par l'indignation publique, ni qu'Elle en recueille un grand profit : car, si la loi passe, il n'est pas bien sûr que M. de Peyronnet ne passe pas avec elle, témoin M. de Châteaubriand, banni du conseil par M. de Villèle, à qui le noble ministre venait de donner la septennalité ; et si le projet de loi tombe au bruit des sifflets, comment M. de Villèle résisterait-il à la tentation de troquer un ministre usé contre un autre tout neuf, qui ait de quoi lui rendre le service de pouvoir affronter à son tour l'animadversion publique?

Depuis l'avènement du ministère Villèle surtout, il y a combat entre l'opinion qui a le droit et le besoin de contrôler les actes du ministère, et le ministère responsable, qui veut soustraire ses actes au contrôle licite de l'opinion. Les attentats du ministère contre l'opinion ont été jusqu'ici couronnés des plus déplorables succès, par l'oppression toujours croissante de la presse, dont en ce moment il reste à peine quelques vestiges.

On a resserré les conditions des lois sur cette matière importante, dont il fallait au contraire détendre le mouvement. En ce qui concerne les journaux, on a cru pouvoir ajouter des restrictions nouvelles aux restrictions déjà existantes et soigneusement maintenues, de l'autorisation du Roi, des procès de tendance, et de la censure facultative...Le ministère, ou pour mieux dire M. de Villèle, qui est tout le ministère, s'est décidément résolu à s'épargner la peine d'acheter le silence.

Il fallait tuer la licence; car en tuant la licence, on vivifie la liberté. Mais en tuant la liberté on crée le despotisme ministériel. Le ministère, qui n'est pas étranger à certains écrits réprouvés par les convenances, vient, par son projet de loi, tuer la liberté, et en même temps enfanter la licence qui s'échapperait d'une manière bien plus piquante, dans le nouveau système, par les imprimeries clandestines, les importations de l'étranger et les nouvelles à la main. La religion, le trône, les mœurs publiques y perdraient; mais M. de Villèle règnerait, du moins il l'espère, et cela doit suffire.

Mais il n'est rien de stable en politique que le règne des lois; et il n'y a de véritables lois conservatrices que celles qui satisfont aux besoins légitimes des peuples. Les actes qui contrarient ces mêmes besoins n'ont de durée que celle que donne la force; et là où il est de fait reconnu par ceux-là même qui sont le plus intéressés à invoquer la toute-puissance du droit et de la justice, que la force est la seule règle, le nombre finit bientôt par l'emporter. Ceci est une vérité terrible, mais incontestable, que nous empruntons à l'histoire, pour la livrer aux méditations des conducteurs des peuples : l'absence ou l'oubli des lois protectrices des citoyens appelle le mécontentement public, basé sur des motifs irrécusables: et de-là naissent, ou l'indifférence qui laisse mourir les gouvernemens, ou l'insurrection qui les tue.

Le despotisme ministériel a beau agiter ses petits bras : il peut malheureusement produire cette situation déplorable, en réduisant des résistances partielles et légales, par la défaveur et les destitutions ; mais il est impuissant à rien sauver des conséquences nécessaires de cette situation d'arbitraire et d'oppression qu'il s'est faite ; car on ne destitue pas les nations, et lorsque le volcan révolutionnaire est une fois en éruption, la main de personne, pas même celle d'un ministre, n'est jamais ni assez large ni assez forte pour en fermer le cratère.

Il est même certaines destitutions pour lesquelles il faut un surcroît d'imprévoyance.

MM. de Lacretelle, Michaud et Villemain, tous les trois membres de l'Académie française, viennent de subir la plus éclatante et la plus honorabledisgrâce. Il faut bien que nous rappellions encore à ce sujet le mot si profond et si vrai de La Bruyère : « Un homme en » place doit aimer son prince, sa femme, ses » enfans, et, après eux, les gens d'esprit. » Ceci a été écrit sous le règne absolu de Louis XIV, alors que n'existait pas encore l'art. 8 de la Charte, qui proclame comme un droit commun, non seulement aux *écrivains*, comme ont l'air de l'insinuer M. de Bonald et le ministère, mais indistinctement à tous les Fran-

çais, le droit essentiellement politique, et non
seulement scientifique et littéraire, de publier
et de faire imprimer leurs opinions. Louis XIV
comme roi, Colbert comme ministre, ne se
sont pas trop mal trouvés, et pour le temps de
leur vie mortelle et dans la postérité, d'avoir
suivi, peut-être même d'avoir devancé, chacun en ce qui le concernait, le précepte, aujourd'hui méconnu, de La Bruyère. Nous pos-
sédons un auguste héritier de Louis XIV ; mais
nous avons M. de Villèle à la place d'un Colbert : que Dieu ait pitié de la France !

Un mot encore sur les projets de loi contre
la liberté de la presse. Le Ministère a demandé
beaucoup de choses dont il n'a plus besoin,
afin d'obtenir *par déception* ce qui lui semble
nécessaire dans l'intérêt de son despotisme, à
savoir : l'oppression plus positive encore des
imprimeurs ; parce que, si la liberté des imprimeurs constitue la liberté de la presse, leur
oppression est véritablement la censure préalable. Le ministère tiendra peut-être aussi au
timbre sur les brochures. Quant à tout le reste,
qui au fond lui importe fort peu, il le fera gé-
néreusement abandonner par ses amis.

N. B. Nous avons cru devoir publier en même temps que cette deuxième édition, une pétition que nous avons adressée à la Chambre des Pairs. Cette pétition, déposée le 13 janvier, enregistrée sous le n°. 25, a pour objet de demander à la noble Chambre « qu'il lui plaise de s'abstenir de toute délibération concurremment avec la Chambre actuelle des Députés, et de présenter au Roi une humble adresse, à l'effet d'obtenir de Sa Majesté la convocation des colléges électoraux, pour l'élection d'une autre Chambre en remplacement de la Chambre actuelle, inhabile à voter utilement la loi, en ce que cette Chambre est, en ce moment, dépouillée, de droit, de trois cinquièmes de son personnel, d'après la législation qui a présidé à sa formation en 1823 (1). »

Nous recommandons surtout la lecture de cette pétition à M. Royer-Collard. Ce profond publiciste a rendu, dans la séance du 19 janvier, un hommage trop éclatant au principe de l'élection populaire, comme source unique des pouvoirs du député, pour ne pas s'empresser de mettre en pratique cette doctrine constitutionnelle, en se retirant d'une Chambre où il n'a aucun *droit* de siéger depuis la fin de la session de 1825, et en engageant dans la même démarche constitutionnelle et légale les deux cent cinquante individus qui persistent à siéger dans cette même Chambre, dont ils se trouvent également avoir perdu *le droit* de faire partie.

_____

(1) Cette *Pétition à la Chambre des Pairs*, se trouve chez DE-LAFOREST, rue des Filles-Saint-Thomas, n° 7; prix : 75 c, et 85 c. par la poste.

TABLE.

FIN DE LA TABLE.

www.ingramcontent.com/pod-product-compliance
Lightning Source LLC
Chambersburg PA
CBHW071230260626
47162CB00004B/1495